滿滿祝福後的相思

妍音——著

空巢，人間好時節（代序）

許多中年媽媽無端就擔心，孩子長大後生活失去重心，空巢裡黯然。

許多人羨慕我，孩子離家後，我悠遊文字的航行，漸次渡過更年之河，愉快織文後也結出讓人欣喜的成果。

其實一路走來，我的生活重心都在兒女，全職家庭主婦恆等於一個家的圓心。日日二十四小時陪伴孩子，我心甘情願；和孩子對談生活的瑣碎，我滿心歡喜。當他們還只是以咯咯笑聲回應的嬰兒時，我已從那無邪笑聲裡獲取世間最大的幸福。

孩子中小學時期，上學陪走的路上，是美好的親子交流時段，放學回來摁下門鈴那一刻，雀鳥般的嘰喳，回應給我守候一日的甜蜜。

何其幸運啊！我一直擁有美好的親子關係。

子女漸長，逐年放手鼓勵他們高飛的同時，我意識到撫育兒女的這個窩巢，終將因雛燕的離去而空曠。

我，會不會忍不住回身再要抓住正撲拍的翅羽？

那時，我告訴自己，該將對孩子的愛置放心間深處，只給他們滿滿的祝福。祝福孩子長大要離巢，祝福孩子展翅飛翔順利，祝福他們尋到各自美麗的天空。為了讓孩子無後顧之憂，對家不致太過掛懷，我想，當媽媽的我應該要生活獨立，身心靈有所寄託。

於是，我想起曾經親近的文字，和那一直不曾握緊的筆。

尋回這一枝可以牢握的筆，使我在兒女相繼負笈首善之都並投入職場後，專心致志於爬梳文字。

雛鳥離巢的生活轉折，沒讓我鎮日鵠候思念，反因重新尋回昔日興趣，書寫因之成了空巢後安身立命的憑藉。孩子也不時從我的文字裡，讀到現今與往昔的生活點滴，我們之間因此又增多了各種話題。

出乎意料，空巢後的人生，希望多於盼望，行動取代等待，文字活化了我的生命。

是那自我內在的呼喚砥礪，教我看清生命的意義著眼於生活的態度，詩偈有云「春有百花秋有月，夏有涼風冬有雪；若無閒事掛心頭，便是人間好時節。」

現在的我固定和同樣興趣寫作的朋友聚會，我們討論近期閱讀的書，分享彼此正進行的寫作事，兩個中年女子，在家事之外，對於人生滿懷希望，對於個人的生活，依然笑眼看待。

年歲當真不是問題，左右這一切的是，一顆積極的心。

二〇一三年一月　文化台中第十期

目次

下卷　情趣

上卷 情致

寓意深厚的「柔」

民國五十幾年，台灣地區多數人民的生活是清苦的，日常生活的休閒，大約是收聽收音機的廣播節目，至於音響電視等高檔休閒，恐怕是要經濟狀況不錯的家庭，才可能擁有的。

印象深刻的是，母親總是讓收音機裡的歌仔戲，點綴她辛勤繁忙的生活。小學三年級時，我家有了第一部「電」字輩的電化產品，卻不是與三餐相關可烹煮飯食的大同電鍋，而是調劑生活的電唱機。

父母親因為出生在日據時代，受的是日本教育，對於日本文化有相當程度的認同及喜愛，所以在有限的經濟能力下，只好捨台語歌曲的唱片而就日籍歌星的唱片了。

有了電唱機，理所當然就會有唱片，至今記憶仍然十分清楚，家裡的第一張唱片，是一位日籍男歌星「神戶一郎」的專輯。那張唱片的封面，就是「神戶一郎」俊逸帥氣的人像，看著「神戶一郎」俊秀照片，再聽著他富含磁性的歌喉，不想迷戀唱片飄出的歌聲也難。就這樣，每當放著唱片時，就是盯著「神戶一郎」看，邊還想著怎樣的心情，才能將「柔」的韻味完全呈現出來。

因為家裡這一千零一張唱片，反反覆覆，聽來聽去還是神戶一郎渾厚男聲。聽著聽著，父親開口學著唱，節拍咬字抓得準，倒是少了神戶一郎的低沉。母親聽久了也開嗓要學，但是男歌星唱的「柔」（台語翻唱為「男子漢」），恐怕韻味是無法自母親口裡傳遞出來。但無論如何，拜這第一張唱片所賜，家裡經常縈迴著歌聲，不只是經由那張圓圓有著軌跡的黑色薄片飄出，也常是從父母的口中唱出，後來更是家裡大大小小都會哼唱了。

那幾年，我們這一家總人口包含父母子女共五女二男的家庭，就因為神戶一郎的這張唱片，幾乎人人都成了能放下身段的「男子漢」了。「勝つと思うな，思えば負けよ，負けてもともと，この胸の，奥に生きてる，柔の夢が，一生一度を，一生一度を，待っている。」（你因何吐大氣，因何心哀悲，男子漢應該著，勇敢去打拼，勝敗是運命，何必怨嘆，一生總有一擺，一生總有一擺，開花的日子。）父母親字正腔圓的唱著日語，我們小孩子有時胡亂謅著日語唱，大部份時候是唱著台語，因為這神戶一郎在唱片中也錄了一段台語唱腔。

多少年過去了，後來家裡有能力陸續添購了各種電化產品時，那第一部電唱機便轉送姨媽，不過「神戶一郎」的「柔」倒是仍然與我們相伴。其後又多少年，母親換屋幾次，搬遷中可能整理出清，竟是再也找不到這張家裡第一張元老唱片了。

不過，幾十年來，「柔」的曲調歌詞早已烙痕心中。我們也都從寓意深厚的「柔」

一曲中，明白人生許多時候會有挫折低潮，只要能有柔軟心境身段，繼續堅持下去，終將有成功的時候。

二〇〇六年一月三日
中時藝文村

非關記憶

最近幾日天氣一直是抽抽噎噎的，寒著臉的老天，自己都開懷不了了，人們看在眼裡也無法清爽，想著的事，便容易陰沉。

我和詩，一直就不是活躍外放的女子。從年輕時校園的擦身而過，到婚後落籍同一城市的默然惦記，淡淡如水相交天地一方。

然而這樣的恬適關係裡，也能石落驚起一片水痕，乍然相逢，歡欣映照在詩和我的眼眸深處。

一回，是上天巧安排。兩回，是幸運有緣相會。三回呢？回眸裡仍有相知的情誼吧。

是好些年前的記憶。我和詩在同一家天主教醫院產下各自的第一個孩子，湊巧都是男孩。其實當時自己都有些錯愕，怎麼是在那樣的境地裡相遇？那天屋外是否下著雨，隔著水泥厚牆，不可得而知。然而護理站前的巧遇，卻是讓我們久久不能自己，好巧的五月啊。

我和詩，依然是以著個人本性，在心底深處牢記彼此。並沒有因為重逢一回，而刻意營造系友的情誼，甚或孩子的情誼。

之後，我們各在自己的生活裡忙碌，在同一城市的南北兩區。

那之後再過幾年，和詩在潮溼陰雨的日

子再度重逢，這時是我和詩又各自產下同齡女兒數年了，而我們的情誼已經沉潛到靈魂深處，同是彼此欣賞的系友。至於重逢的喜悅呢？應該也是碩大的，但同屬拘執的詩和我，只任那喜悅悄悄在心門探頭，安安靜靜的不敢放肆。

多年不見，這一回我們多聊些時候。詩仍然輕靈、嬌柔，很難將她和理性思辨連結在一起。但聽她談著自己的婚姻時，我見到一個跳脫框架，以談論小說情節似的女子。幾乎不敢相信詩可以在婚姻變質後，冷靜的經營自己獨自生活的能力，調適之後再跨出婚姻的枷鎖。

詩說到她的前夫，是以水池裡悠游戲水的鯉魚來形容。詩說那樣多情的人，大約是「情到深處轉為薄」吧！

詩並沒有以外遇、出軌等字眼來指責她的前夫，她只是幽幽的描述丈夫的二心。這是怎樣的一種超然，走出婚姻後的尊嚴與無怨吧！我不禁問著自己，換成我，我做得到嗎？

走入婚姻之後，女人常陷自己於無法自拔的情境。有人面對配偶的暴力，採鴕鳥式的隱忍終生；有人畏於威脅而委屈求全；有人則因為孩子，而讓自己於婚變中永劫不復。詩說有時為了更開闊的生活，更長遠的未來，不得不狠心一點，將自己的情感自丈夫孩子身上抽離。

與其說是狠心，我寧願說她勇敢。勇敢，是得要堅強自己，此後一路均是啊。

詩是勇敢的過著二度單身的生活，教學和進修填滿她醒著的時間，所以她依然清瘦，依然詩情。在去夏三度相逢時，詩的中年身影是如此的風情。

或許，爾後許多年裡，直到詩與我都年老時，我們都可能再多次相見，就讓我在或陰或晴或都不定的日子裡，靜靜在心底想念，一如唐白居易所言「交心不交面，從此重相憶。」

二〇〇六年六月七日

不是故事

下著雨的週末夜晚，我在哪裡，做了什麼？

是的，我記起了。我和朋友經由電流通話。

教人莞爾的是，我們的談話中斷過三次，也就是說我前後和朋友通了四次電話，其實只能算是一次，心情是完整的一次。

事實上，那天下午兩點前我還在公館，從那兒到南勢角是極方便的，但是怕吵了朋友睡眠。老實說，我不知道她確切作息時間，也就把帶出去風吹雨淋的書，再帶回了我客居的姊姊住處。

兩個姊姊對於小妹總是照顧，晚餐換個姊姊作東，我又是一餐飽食。吃吃喝喝說說笑笑，就過了九點。心想，雖然不確定朋友的作息，這個時段該是她要伏案寫作了吧。若不約個時間見面，把白話元曲交給她，是會變成小小一本書遊歷了台灣南北。

幸好，電話一打就通，朋友是醒著的。

談得盡興時，我兒催我從三阿姨家到二阿姨家，就這麼斷斷續續，分批完成和朋友的談話。誇張的是兩次在二姊家撥打，兩次在間隔三分鐘路程的三姊家，也還得朋友不嫌煩，談話才能愉快。

其實那時有個衝動，就搭車出去轉捷運

去南勢角，雨夜小歇的薑汁梅茶應該是會暖了人心，朋友的，我的。

但兒子在手機那頭說，「十點了，太晚了，出去回來沒車搭，妳怎麼辦？」

沒車搭，我怎麼辦？那時沒想到呢，只想著許久不見的朋友，想著我答應她的事。

後來，當然沒有雨夜訪友，因為我的生活太規律了，規律到毫無變化。在電話中告訴朋友，三十歲以前，夜晚八時以後不單獨外出，我跟孩子和學生說，個人安全其實是自己也該負責的，只要不把自己曝露在潛藏危險的環境裡，就能減少遇到危險。到了四十歲，顏色略衰，是晚上十點以後不個別外出，所以我兒的擔憂，正是我一路教給他的，那就言行一致吧。

因為這樣無趣的刻板生活型態，在創作上也是一種致命傷。朋友說，「妳作品裡的人物都是好人。」

好像真是如此。是我眼睛看去人人是好人？還是我所期盼的世界是溫暖和善的？或許都是。

朋友在電話那頭說她小時頑皮的事，她說自己壞，我說她可愛。這麼可愛的人，去一趟台北，一定要見面。於是我們約定了我離開台北前，在捷運台北車站見面，不出站唷。

可是後來因為姊姊姊夫陪著，我臨時沒搭捷運，在預定時間到達車站時，以手機聯絡朋友，請她上一層手扶梯，不必出站，我在一號出口處。就這樣一內一外，我們草草寒暄，但朋友和我都明白態度是莊重的。因為我約的時間卡在正午，朋友是一宿未眠以赴約會，我於是知道真誠超越了所有。

李白乘舟將欲行，忽聞岸上踏歌聲，
桃花潭水深千尺，不及汪倫送我情。
——唐・李白〈贈汪倫〉

之後，我又回到我的家，朋友也在她的天地裡，我們各自在文字裡編纂故事。

我明白，我們的交流，不是故事。

二〇〇六年六月十三日

滌盡紅塵的一泓湖水

山谷中一泓湖水，滌淨紅塵疲憊身軀。初夏，風帶著微微熱氣，姊姊們提議到山裡去，說是那兒有一處隱身紅塵的山谷，可以讓人尋回真正的寧靜。

其實在車行山間之際，滿山生意盎然的綠，已然將一顆來自塵囂的心，慢慢熨整了下來。即使姊妹都不做言語，連綿的山脈仍以她最甜最美最優雅的自然語言與我們交談，心情便在一吋吋推進山間的同時，一分分沉靜至漸漸融入天地自然的本色。

車再往山裡開，人煙漸稀少，空氣裡是清芬的涼氣，即便是能揮汗的五月天，在此地仍需薄衣一襲加添。來此處說是渡假，其實是放空，什麼都不做、不想，仍無法什麼都不看，尤其躲在群山間的這座渡假村，園地雖不是最廣漠，但美麗卻是隨處都有。

我走著走著，看見一座大塘，忍不住要將她柔媚身影收入鏡頭，於是我向遠處見樹見山見藍天的方向取景，等到再看自己攝入的影像時，堪是驚訝我將一池清淺納入心底了。其後便一直喜愛這幀照片，不定時取出再三觀賞，忽忽想到朱熹有首〈觀書有感〉的詩：「半畝方塘一鑑開，天光雲影共徘徊，問渠哪得清如許，為有源頭活水來。」

想初夏那時，與姊姊們暫與煩瑣俗事

相別，而到了名為牡丹的世外桃源，為的不是要讓心頭再注活水？不是為走更長遠而稍緩腳步？這一思量，又忽焉醒悟，宋朝大學者朱熹在尋常讀書當中便是時時自我觀照，因而能有所覺察，是以我與姊姊有否捨近求遠、捨本逐末？

其實我等人人心中自是有股清泉、有方池塘，是在生活瑣細中任其淤塞、乾涸？或是能時時勤拂拭、整治？在在存於一心。所以如何常保一心潔淨？當然是捨活水其誰？而這活水又何處可汲？恐是各人各有妙方了。

這之中，讀書與欣賞風景是個人企盼水渠常清的活水來處。其實文章與山水，不過是一體之兩面，張潮《幽夢影》中有言「文章是案頭之山水，山水是大地之文章」，李白在〈春夜宴桃李園序〉中不也說了「陽春召我以煙景，大塊假我以文章」？自然山川為我們寫盡了人生文章，我們也因為賞風論月而吟誦篇章，唯一所願的，便是徜徉在怡人風景與芳香書海時，能將紅塵俗世裡的紛紛擾擾拋到腦後，讓心靈那一泓湖水澄澈無濁。

是以說遊山玩水乃偷得浮生半日閑，似乎也不盡然是。在張潮看法裡是「人莫樂於閑，非無所事事之謂也。閑則能讀書，閑則能遊名勝……天下之樂孰大於是？」

所以，遊罷歸來匆匆數月，每每再看自己拍攝山間水塘照片，意象裡便宛如又置身其間，心神因而寧靜沉穩。城市裡的夜，在日照漸漸褪去亮度之後，也能無比靜謐，蟲唧蛙鳴似是就在耳畔，天地予我了唯一的純色——寧靜。

二〇〇七年十二月二日
更生日報四方文學版

梅雪並作十分春

近年來因全球暖化問題，許多花序都亂了，紛紛在不該展現花姿的時候現了芳蹤，不久前剛有新聞報導，某地的梅花初秋時分便花枝亂「綻」。她，爭的是什麼？爭奇鬥艷？搶那領先群芳的傲氣？

我因而想起四月初，春蹤將杳，我與姊姊們去到金山八煙，旅店前那株靜靜迎向青天的櫻花，在她的季節、她的命脈裡守著份際。帶點微微涼氣的山風，容易讓人恍惚裡錯覺是尚在冬日，也易讓不懂花的小孩們誤將枝頭那嬌柔身影視作梅花。

啊！花形花色的美麗與否，莫不是多事人們平添的暗中較勁？前人盧梅坡有〈雪梅〉詩二首，詩中梅與雪均不願成為對手的陪襯，然而這當真是雪與花的本意？不就是賞花、評花的人，無端惹起的禍嗎？

梅雪爭春未肯降，騷人擱筆費評章；
梅需遜雪三分白，雪卻輸梅一段香。

有梅無雪不精神，有雪無詩俗了人；
日暮詩成天又雪，與梅並作十分春。

想我初次讀到這兩首詩，只覺漫天雪地裡，再讓梅林開遍小白花，簡直是一個無以名狀的美麗世界。

然而綻放得太盡情的梅花，不免因為過度搔首弄姿而吸引眾多注目，剎那間白雪沉默得黯然。明明是因為雪來了，才成就梅枝掛出花苞；雪飄得越自在越用心，梅花才能展現更多款風情，怎地卻也因此雪只能隱身一旁？

不行啊不行，要贏回人們注視的焦點，為讓那點點輕綴梢頭的梅花，得為自己嬌小姿態羞慚，雪得鋪排更多華麗的白，

若要說純白身姿的梅花是爭相要展現，才一朵朵掛上枝頭，似乎是給扣了頂大帽子，但雪確是因梅花清香而稍稍被忽視了。倘使以為盈盈滿屋滿樹滿地的落雪，是要獨領風騷、搶盡風頭，似是牽強說辭。初春裡，雪與梅，說爭豔，太沉重。可梅花明明放肆的綻放，而皚皚白雪也不怯懦的飄落啊。

可不可能不爭奇不鬥艷，只要互相映襯，再鋪排出最無濁的美采？詩人筆下的梅雪相爭活靈活現，用盡心機，大約也只能是有缺陷的嶄露頭角，總還是遺憾啊！不過詩人也寫了，若能從另個角度思索，互為彼此的陪襯，兩兩相得益彰，便能成就最脫俗、最極致的美。而這美，還得有人欣賞讚譽呢！

詩人這番詩論，也給了我另一種生命覺察。

大自然裡，物與物爭，是進化論？是相對論？進到生活中，處處可見人與人爭。

爭，真是必須嗎？一定要爭過別人，才能凸顯個人成就嗎？而這爭的過程，又得要赤裸裸、不留餘地的攻詰競賽場中的其他人嗎？

我們的社會處處存在彼此較勁，只為獨占鰲頭。然而若非有那些比較弱勢的人，怎顯得出贏家的能力？如此看來贏家不是得向殿後者致敬，倘若沒有弱勢殿後者的陪襯，如何能顯現出這些贏家的手采呢？

孔夫子在論語中說過，「君子無所爭，必也射乎，揖讓而升，下而飲，其爭也君子。」

因為人心的要分出高下，就得「爭」，那麼，是不是該要有君子風度，該要在本應無所爭的世界裡和平共處？真希望全球的人都有梅雪精神，能體察「梅需遜雪三分白，雪卻輸梅一段香」的真義，讓整個世界並作十分春。

二〇〇七年十二月十六日
更生日報四方文學版

青青柳色手足情

今年春末五月裡，姊妹們二度遊向山谷那處遠離塵囂的寧靜世界，中年聚首求的是再溫一回手足情。

夜宿渡假村特別設計的客舍，矮牆木屋是我們兩日暫時歇憩的處所，那時節春日依依、楊柳青青，旅店小木屋前一池清淺，我等姊妹臨水便是照花人。照著水塘、賞著花色、依著池柳，捕捉到的是那剎那？抑或是從前？

兒時我們曾經怎樣度過？玩水？摘花？或是踩踏腳踏車，一路追逐而去？

如今四姊妹各在一方，尤其二姊甚至是越過廣漠太平洋，入籍在北地加國，回到她的成長家園，則如候鳥一般了。我們這樣的相聚，是敘舊，也似送別。

忽地便想起王維那首膾炙人口的詩〈渭城曲〉——

渭城朝雨浥輕塵，客舍青青柳色新。
勸君更盡一杯酒，西出陽關無故人。

忒是巧合的，五月去的那回天正飄雨，綿綿細細的雨絲撲面不寒，甚至還感覺它是輕靈的，一點兒也不會讓人厭煩。姊妹幾人在細雨中，或打傘或著帽，甚或就讓輕到予人無知無覺的雨綴在髮稍、肩臂，然後環遊小小一村。六月末僑居加拿大的二姊又將返回僑居地，就某種意象而言，不也如詩人詩中所透露的，我們珍重此次相處時候。

紅酒一杯無法盡意，再喚斟酒，晶瑩剔透的玉液搖盪高腳杯中，酒香撲鼻，微醺了夕照。偌大玻璃窗外，遠遠山邊那一抹將去未去的紅霞，悄無聲息地跳進杯中、跳上姊妹臉頰，是沉醉了手足情吧！好酒入喉，吐出的不是醉意，是肺腑之言，姊妹齊邀二姊乾脆往後長住島內，我等也就不需為她再唱「西出陽關無故人」哪！

可留在島內的我們三個姊妹，大約是忘記了，忘記走過的時光是不會再回頭，無論我們心裡如何記得往日美好，無論手足之情如何教人戀戀不捨，而今是放射成樹枝狀的發展，各有自己一方小天地，是軸心近根處的牢牢扣住彼此，我們因此不忘彼此。

想到這兒，多少讓我想起韋莊有首七言絕句〈臺城〉——

江雨霏霏江草齊，六朝如夢鳥空啼。
無情最是臺城柳，依舊煙籠十里隄。

雨，不定時會再落下；柳，明春依然再綠池岸邊，但我們或吵吵鬧鬧、或相互依伴的童稚時光，叫做曾經，已如夢遠去了。

不過，即便是歲月的腳步迅速輾著向前，即便山光水色朝雨池柳恁地無情，有情之人在這天地之間，所有景像便將有情，所有的時段也都有情，無論此時，甚或從前。

所以，遊說二姊長住不成，也還不致過於失落，因為二姊秋日將再回來，相別不過間隔一季夏。如此轉念，就不需「勸君更盡一杯酒」了。故人都在此地，手足仍然相候，而那些教人難忘的美好記憶，也結結實實仍然存在每個姊妹心中。

二〇〇七年十二月三十日
更生日報四方文學版

簾外雨潺潺莫憑欄

今年春末，一趟宜蘭縣礁溪遊，是在雨中進行。

那些天，上天落雨如泣訴傷心事，又像要一腔便訴盡似的，每日每夜地下，潺潺訴個沒日沒夜。

因為早已安排了行程，姊妹仍然不畏雨日泥濘的不便，也願從另一角度欣賞風景，於是風雨無阻了。

然而說實話，下個不停的豪陣雨，真的還是影響了心情。

心，或許就因往下直落的雨而沉了一些，看山看風景，也凝重了點，這是因山色多了水氣？還是因為自己本就易抑鬱寡歡？

到礁溪，泡泡溫泉在所難免。姊姊櫃檯洽詢時，我倚著整扇牆面的落地窗，本擬細細看看隔了一片玻璃之外的世界，究竟可以遐想出怎樣的美采。無奈卻是雨中朦朧一片，放眼不能極目，所有實景與想像，都教不停自上而下的雨瀑給阻斷了。

因為事與願違，倏地想起一闋南唐李後主的詞，便在心中喃喃吟誦了。

簾外雨潺潺，春意闌珊。
羅衾不耐五更寒，夢裡不知身是客，
一晌貪歡。

獨自莫凭闌，無限江山。
別時容易見時難，流水落花春去也，
天上人間。

——南唐・李煜〈浪淘沙〉

春日將杳，逢上這樣的大雨，遊興當然闌珊。乍暖時候，不定時還會一陣涼颼就來，若再加下雨，氣溫自然又清涼一些，莫說薄被單耐不住清晨涼意，就算是白日裡多添了衣裳，也還是略微感覺蕭瑟冷清。此時旅店寬敞大廳，竟給我廣漠無依的感覺，不知暗藏何處的冷氣，從衣服縫隙鑽入每一吋肌膚，還真讓人打了個寒顫呢。

想那時後主悲涼心情，對他而言恐怕真希望一切只是一場夢，然而恍惚迷離間，卻又都是真實人間事。可憐他這個亡國之君，時時心懷故土，抒而為文，便不免悲感之作了。

詞裡說得好，「獨自莫凭闌」，而我卻忘了南唐後主如此殷殷叮囑過。癡想凭欄，還是在這樣陣雨不歇時候，這不是自尋煩惱嗎？

偶一抬頭，無獨有偶的，三姊也是凭欄人，只是啊，她目不向外，故不受這一場擾人遊興的雨影響。她眺望的是櫃檯前另兩位姊姊，想來她是明白人，早知選擇讓人寬心之事去做，而她的切切等待稍後的泡湯美食宴，其實才是真正懂得享受生活啊！

二〇〇八年一月二十日
更生日報四方文學版

水光灩瀲晴方好

水光灩瀲晴方好，山色空濛雨亦奇。
若把西湖比西子，淡粧濃抹總相宜。

從前還在學校讀書時，常讀到古人詩文一致讚嘆西湖的美，我的想像空間裡便因為湖而有了無限遐想。由此在島內四處旅遊時，也總愛有湖有水之處，哪怕是大學校園裡的湖，也能得我深深眷戀。

所以，與姊姊的牡丹灣之旅，在渡假村裡的這座湖，即便面積並不大，但因人跡不多而顯其幽靜。看那湖水並不因風皺面，便得一個美字，突然就想起宋朝蘇軾的「飲湖」一詩。

在這首詩裡蘇軾寫了西湖初晴後雨的景色，區區二十八個字便將西湖的美說盡，讓爾後近千年來遊人在遊湖時，自然就想起晴日雨時的湖光水色。而我，也因為詩中有瀲灩、有空濛；有淡妝、有濃抹，曾經引動我許多跳躍的想法。此刻凝視這座山谷裡的小巧人工湖，想著「飲湖」這首詩，詩意整個活潑鮮明起來。

詩人用字真是好，「水光瀲灩」四個字教我不由得直往湖面望去，而此時此刻此地無雨，可我仍然能想像落雨時的空濛山色湖景，是淡掃的雅姿？還是得算是豔麗的粉抹登場？

自年少時節讀了「飲湖」一詩開始，便常想著濃妝豔抹與清雅淡妝怎是拿來為西湖作註？兩種極端的美的呈現，當真能做同一景色的相提並論？以美人比擬自然湖色，或許才能凸顯風景的引人入勝吧？

詩人怎麼想的已無從知悉，重要的是我們怎麼看怎麼想。山光水色是如此，為人處事也是如此，我們不能強求他人看法、想法得與我們一致，包容是必須要有的氣度。另一方面，我們也不需勉強自己去穿鑿附會，更不需要氣憤反擊，雅量是不能沒有的修為，湖不是正如此教著我們？

在寧靜的山谷中，靜靜欣賞瀲灩水光，美麗景色讓人流連，靜好的世界也教人期待。真、善、美，其實恆常存在人間，端看我們的心如何去發現。

所以，怎麼形容也都是因為人心怎麼想，一心是美，看任何事物都是美；一心是善，所做的事便會是善。然後，真，便離我們不遠了。

張潮說過「樓上看山，城頭看雪，燈前看月，舟中看霞，月下看美人，另是一番情境。」

這另一番情境，便是如人飲水、冷暖自知了，而這又怎是不願自雜亂塵囂中抽身的人所能心領神會？又怎是日日在爭強好勝中的人所能體悟的？

我於是細細心中再讀，讀蘇軾的「飲

湖」一詩，讀島內的美好風光，讀天地的寧靜。

二〇〇八年二月三日
更生日報四方文學版

澄湖夜色暖上心頭

夜，總有一日其他時分所無的媚態。

我愛夜，愛她那一份坦然自若，愛她那一份幽雅靜默。

也許有人不由自主的便跌蕩釀成酒的夜色裡，於是如飲一盅好酒似的陶然其中，但也有人真的便以燒灼熱燙的汁液迷醉一日，甚或年年月月。

當真是「色不迷人人自迷，酒不醉人人自醉」？深夜裡醉酒鬧事，關夜什麼事？無端便給夜冠上一個易引人遐思、易惹來禍端、易鬆動意志……等等罪名。因此有人呼籲「深夜問題多，早點回家去」，到底這是夜的問題？還是人的問題？

該怪夜色太美嗎？難道真如歌手唱紅的「……都是月亮惹的禍，那樣的月色太美……」？

好吧，即便月夜美麗，關不住心緒，那就賞花賞月賞景也無不可啊！王安石〈春夜〉一詩寫著：

金爐香燼漏聲殘，剪剪輕風陣陣寒。
春色惱人眠不得，月移花影上欄杆。

若不是大文豪在夜深無眠時，靜靜凝神夜魅瑣細，他何能知道月兒移步了？花影又在幾時悄悄爬上柵欄？

若是由自家向外眺望，景致並不優美，那麼就安靜自持走入夜色裡吧！有時我便是如此與先生踱向離家約兩、三公里外的澄清湖。

澄清湖乃遠近馳名之風景名勝，素有「台灣西湖」美譽，各個時段自有其吸引遊客之美，各處景點也呈現出不同景致。購票入湖區遊覽乃一般常態，漫步其間閒情逸致之際，便也飽覽湖區所有樓閣橋島了。

這是身歷其境的遊覽，難免會有蘇軾〈題西林壁〉一詩所言的盲點。

橫看成嶺側成峰，遠近高低各不同。
不識廬山真面目，只緣身在此山中。

所以許多港都在地人都知道，在澄清湖後側欣賞湖光水色，也有另一種跳脫的風情。當然這樣的角度，自是不能與立在圓山飯店高樓上，俯瞰整座湖景的感受同日而語，然而這又何妨，美的感受本就因人因時因地而不同。

早些年澄清湖後側路窄崎嶇，卻也難掩澄清湖美麗夜色。近幾年那條會車不易的小路已經拓寬並美化，到那處賞湖也罷、賞月也罷、與夜同在也罷，在在是浪漫、是詩情畫意呢！

美麗的夜，或可獨自心領神會。然而倘使自覺深夜一人孤寂，何不就如我一般與親愛家人同行，或是尋求志趣投合的友人一起夜色下談心說笑，不也是一個溫馨夜晚？

白居易有一詩〈欲與元八卜鄰、先有是贈〉如此寫道：

平生心跡最相親，欲隱牆東不為身。
明月好同三徑夜，綠楊宜作兩家春。
每因暫出猶思伴，豈得安居不擇鄰？
何獨終身數相見，子孫長作隔牆人。

夜，本就無情無緒，是人們的眼眸閃動出她的光輝。那就請照見一城溫柔且溫暖的夜，莫要憑空給夜加了罪名唷！

二〇〇八年二月十七日
更生日報四方文學版

澄清湖拂曉運動行氣

冬日的拂曉，天濛濛灰，亮度僅夠眼前幾尺，再遠一點的天地都還藏在黝黑之中，我們已經走在澄清湖的環湖步道上了。

不論它是大埤湖、大貝湖，或後來更名的澄清湖，總不影響它自在天地一隅的美麗。冬至未過的清晨，湖面是澹然的灰暗，水氣的寒再加天氣的冷，教人不由得要縮著脖頸了。然而即便破曉之前的湖是這般羞怯，也才顯出類似琵琶猶抱的嬌滴滴、怯憐憐啊。

於是想起一闋詞「水是眼波橫，山是眉峰聚。欲問行人去那邊，眉眼盈盈處。才始送春歸，又送君歸去。若到江南趕上春，千萬和春住。」

是啊，是盼著快些冬盡春來，起早運動才不致要掙扎怠惰了。

其實澄清湖景致堪可等同那句「四時佳興與人同」，那麼賞景的我們是否也當莫忘「萬物靜觀皆自得」。冬日再蕭索，很快也就會春風又綠江南岸了，此際就多忍忍，再從另一個角度想它遊湖健身，也自有一番情趣。

天即便仍然未露晨曦，昏昏暗暗裡，還可感覺步道邊草坪上飽含夜露，夜露盡已地給此地花木淨身，為此空氣又多幾許寒涼。

然而寒涼又如何？絲毫無法讓人退卻，環湖步道上扶老攜幼、熙來攘往的人群比比皆是，這些早起熱愛運動的人士，一個比一個耐寒，一個比一個勇健呢。

都說清晨空氣清新，對健康有大助益，所以許多人願意寒颼颼裡掀被而起，來到澄清湖。另一方面是澄清湖管理中心有個便民措施，只要在清晨六時之前入園，一律不收取門票。有心好好鍛鍊身體的民眾，當然是願意把握這大好時機，到此地氣、空氣、人氣充滿的寬廣合宜處所運動囉。

去夏開始先生與我，每週日也在這早起運動行列裡，識與不識又何妨，擦身而過時，彼此都知道是來運動健身的，即便是各自採用的健身方式不同。練氣、打坐、做瑜珈，各有不同小團體，隨處樹叢間便可進行；踱步、競走、邊賞景，也各成自家一派風格，走走說說兼唱唱的都包含。總之，身體在有了律動之後，也算是為健康做了保養。

而屬於我們的團體，大多時在蔣公行館前的草地做個幾式運動，通常在運動進行中，天色便一分分翻轉魚肚白。從墨沉沉到濛濛灰再到天光乍現，天色在悄然無聲息裡，一層層褪去灰黑面紗，終於端出潔淨無瑕的面容，心也跟著開闊了。

特意在某次運動時攜帶了相機，將蒙了黑紗的湖景，與微曦初露時分，都攝入相機時，正計議著該寫寫遊逛清晨澄湖的感受，而這不也正是說了「一日之計在於晨」嗎？

二〇〇八年四月十三日
更生日報四方文學版

雨中來去滌塵埃

似乎是本能相攜慣了，這幾年姊妹們因為孩子都已成長，一致地回頭再尋年幼時的情景。只不過現在嬉遊的地點不再侷限家門前，或兒時所居住城市的一隅，如今我們跑得遠了。

也許是彌補過去許多年的未能真正放鬆同遊，因此姊妹們會特地安排全台各地的旅遊。許多地方本是景色美麗，然因我姊妹四人輕鬆互動，更有幾分溫暖在心頭。即使是烈日曝曬，讓人暈頭轉向，卻也因難得的姊妹同聚，而削弱了那不適感，其實我們心頭的溫暖比那日照還強呢！

也曾在雨日拜訪馬告生態公園，淅瀝瀝的雨聲在小木屋外演奏自然樂章，我們在小木屋內叨叨絮絮說從前道現在。天氣不好嗎？不，雨天正是給了我姊妹四人多一些時候在客舍裡相敘。神木在整座山裡，每一棵昂然挺立的神木，都化身為歷史人物，如果天晴，走著走著可能便遇見陶淵明，或許這裡就是一處世外桃源，所以他來了。要是遇上了王昭君，我便不知是否得為這位我王家老祖先掬一把同情之淚，她竟是和番到此地來了？哎呀，我失言了，這地區多數是泰雅族，這些原住民同胞想來是會善待漢王妃。

走著走著，因為下雨沒見著這些古人之

樹，其實在撐傘步行之中，便遙想若與東坡居士相見，他會如何看我？一個識字愛讀山水的女子。又如果他見到此地的明池湖，是否也會興起寫詩情緒，如他赫赫有名的飲湖詩，「水光瀲灩晴方好，山色空濛雨亦奇。若把西湖比西子，淡粧濃抹總相宜。」

而在此山區的湖，東坡先生又將如何描繪，是我想一窺究竟之處，然而我這想法某種程度是不是已經是奇幻的了？姊姊們無從探知我內心躍動，可我們都可看見我家二姊愛山成癡，雨勢不小的狀況下，她身著雨衣、腳蹬雨靴，很是執意要參訪法顯師尊，習佛的她真是虔誠啊！可這虔誠會否也現了執著相？痴愚的我，當然無法領會，只是想起了五祖覓傳人時的一則史事。

神秀大師曾有一偈，弘忍大師定名為「無相偈」。

身是菩提樹，心如明鏡台，時時勤拂拭，勿使惹塵埃。

然其後惠能大師也有一偈，弘忍大師則將其名為「見性偈」，傳人因此立為慧能。

菩提本無樹，明鏡亦非台，本來無一物，何處惹塵埃？

其間如何參透，恐怕得視各人覺知了，而我這溺沉紅塵俗世之人，哪有姊姊們參悟的功力！

因為鋒面而致雨勢強大，其間還夾帶著閃電雷擊，大姊依然是舊時呵護妹妹們的一面牆，這時雖是個個都過不惑許多年，大姊不改大姊風範，為著妹妹們的安全，一聲令下，不許再向山裡尋「神木」。二姊也只好就著一地坑坑窪窪雨水，踩踏著她的趣味性，再將環繞山莊的林木都當成一尊尊得道高僧，便也了了她的願。

雨景自然也是一款拍照的景致，三姊熱衷拍照，木屋廊下、山莊階梯，在在都能引動她。我們在雨中來到，也在雨中離去，但絲毫沒影響我們的心情。旅遊，地點是其次，怎麼玩也不重要，重要的是同行的人，重要的是一起去玩的心。

二〇〇八年四月二十七日
更生日報四方文學版

想起小時候

想起小時候，生活環境不像現在這麼快活，平常根本沒玩具可玩，也沒零食可吃，更沒電視可看，但是孩童時期的趣味，還是不輸給現在的小孩子。

我們那時常常相邀玩跳橡皮筋、丟沙包、唸兒歌，就這樣日子也過得很有趣，哪裡需要卡通、電動、電腦和芭比娃娃？

在我家因為姊妹較多，常常興起玩沙包的念頭，我們都是自己縫沙包。其實沙包裡面裝的不是沙，我們放的是米。縫沙包的時候都是偷偷地縫，要不然讓阿祖知道是會罵人的，阿祖會說「浪費喔，米是要煮來當飯吃，不是要拿來玩的。」

通常我們都會縫上四、五個沙包，縫好之後，忙不迭就玩了起來，邊玩嘴裡還邊唸著「一放雞，二放鴨，三分開，四相疊，五搭胸，六拍手，七圍牆，八摸鼻，九扭耳，十拾起。」

這種遊戲怎麼玩也不會膩，甚至是越玩越有趣。有時候，不愛玩沙包，我們就玩「掩咯雞」（一說是捉迷藏）。「掩咯雞」也很好玩，當鬼的那個人要在臉上綁條手帕以遮住視線，旁邊的人就開始唸起台語童謠「掩咯雞，走白卵，隨汝食，隨汝鑽，放咯雞，去找卵。」

然後大家紛紛跑向可以遮掩的地方躲起來，等那個當鬼的人來抓。兒時這是百玩不膩的一種遊戲，現在想起來也還有想玩的興致，只可惜現在的小孩玩著捉迷藏時，都不會唱念這台語童謠相和了！

我還記得聽媽媽說過，在我很小很小，媽媽還把我抱在手上的時候，那時我還不會走路，媽媽將我放在她的膝蓋上，我舒服地躺在她的膝蓋上頭，媽媽雙手抓著我細細的手，她嘴裡就一句一句唸出「掩咯雞」。所以我記得我還不會和玩伴玩「掩咯雞」以前，就已經對「掩咯雞」的唸詞很熟悉了！

那時的小孩，玩來玩去都是這些不需要花錢也不具危險性的遊戲。

假如不想動來動去，也不想跑來跑去、跳來跳去，一起玩的玩伴自然就靜靜的聚在一起唸兒歌。如果這之中有人比較貪吃，大家就會一起對著他唸「點仔膠，黏著腳，叫阿爸，買豬腳，豬腳摳仔焄爛爛，枵鬼囝仔流喙涎。」

讓人這麼講的孩子當然心有不甘，有的人會氣得跳腳，有的會氣得臉色發青，有的很聰明，想到唱另一首兒歌反彈回去，一來一往的情形就像是在比賽唸兒歌。而且大家都不認輸，拚命要把所會的兒歌唸出來。

最有趣的還有「大箍呆，炒韭菜，冷冷無人愛，燒燒一碗來。」誰也不喜歡被叫做「大箍呆」，因為大人都講「大箍不離呆」（胖就帶蠢樣），這是真的嗎？如果是女孩子，最怕人家對著她唸「圓仔花，毋知醜，大紅花，醜毋知。」

其實到這時我還是不太明白，圓仔花明明是小小一朵紅花，模樣很可愛的，到底是哪裡醜了？還有，不是都說紅色漂亮黑色大方，大朵的花又是紅色的，又是哪裡醜了？為什麼都要以她們來影射女孩的不自知呢？我真是想不透。

二〇〇八年十月二十九日
更生日報副刊

母親的活水

有一年五月，我在舊相簿裡看到一張母親年輕的相片。

母親花樣年華的模樣，就像一首詩。當時專注在書冊上的母親，已過不惑數年的我看來，一如生命活水正源源不絕湧現一般。

彼時我在心裡這樣揣想的時候，母親隨口念出的是她最鍾愛，宋朝朱熹的〈偶成詩〉。

少年易老學難成，一寸光陰不可輕；
未覺池塘春草夢，階前梧桐已秋聲。

其實從小母親便經常以此詩諄諄告誡我姊妹們，光陰似箭，人的一生沒有多少歲月可供虛度，千萬要把握青春少年時候，努力認真。否則一轉眼當還耽溺青春美夢時，階前的梧桐早在不知不覺中隨風飄落了。

這首詩在母親的生命裡流轉多時，感受也特別深。然而母親在一年年感嘆韶光易逝，懷想所有的前塵舊夢時，我由母親的行事風格裡，領悟到那是母親的一種自我惕勵，其實她正從另一個方面灌給自己活力。

於是我想到朱熹〈觀書有感〉一詩的意境更貼近母親。

半畝方塘一鑑開，天光雲影共徘徊，
問渠哪得清如許，為有源頭活水來。

我印象中的母親一直飽含活力，從年輕直到如今高齡已逾八秩，沒有一天不是精神奕奕。

我經常會想，母親這源源不絕的活力能量由何而來？年輕時，她不是工作忙碌？老來，她不是獨居沒伴？

其實不然，看事常得隨時調整視角。

雖然在我的成長過程中，職業婦女的母親為了恰如其份扮演好職場角色，有很長一段時間工作逾時，但她還是在她的工作崗位上兢業樂群，努力吸收新知，從這個角度來看，這不正是母親的「源頭活水」？

記得家裡從我小學五年級開始訂了報，母親下班返家忙過家事後必定要翻閱報紙，對她來講，生活諸事固然重要，但隨時瞭解國內外大事，掌握社會動脈，乃至世界新趨勢，更是不能不做的事。而這，應該也是母親生命的「源頭活水」吧！

從前星期例假日，母親偶爾會帶著我們四處走、四處看，增廣見聞。母親退休後則是天天都有空閒上課、聽演說、遊山玩水，她因此可能有了新的想法，也有了與退休前不同的生命體驗。對母親來說，這不也就是生命中恆常流動的「源頭活水」？

閱讀，可以增加生命的厚度；閱讀，也能開展生活的廣度。無論讀人、讀書、讀風景，母親都會有她個人獨特的見解。母親因此在年輕時代培養了隨手筆記的好習慣，因為她是如此落實在生活中，耳濡目染下的我，於是也喜愛這樣的練習。

母親曾經有一本寫作練習本。我不知道姊姊們閱讀過母親的文章沒？我曾經捧讀那本已經泛黃的紙本，當中有著母親用鋼筆鑲嵌的年輕歲月。只可惜，在幾度搬遷之際遺失了那本母親的作文本。有次回去探望母親時，心血來潮想再閱讀母親年輕的心情，卻因已逸失而落空。我再三惋惜，那無價之物竟就遺落在不知名處，母親倒是豁達，她說，遺落的就是找不回來的，只要心裡明白就好。

母親這是真正放下，不役於物啊！

對於母親，確實做到不教惱人俗事困擾自己，永保樂觀心情，這才是她生命中真正的「源頭活水」啊！

二〇一〇年二月八日

下雨了

淅瀝淅瀝、嘩啦嘩啦，雨下來了，我的媽媽拿著雨傘來接我，淅瀝淅瀝、嘩啦嘩啦、啦啦啦。

一直以來深愛這首兒歌，輕靈旋律引動走進一幅畫，畫裡突然的變天，小孩並不憂慮，因為天地間充滿媽媽的疼惜。

因為喜愛這首「下雨了」，於是莫名的便喜歡下雨的日子。

其實還有一個因素是，讀了蔣坦與其妻秋芙曾因秋來風雨滴瀝，而在所種的芭蕉葉上隨性題詩，讓人感受到那份伴侶間的相依情趣。

可說也奇怪，不厭惡雨天的我，卻是自小就怕極了水，過於滂沱的大雨總易讓我慌張，是不是襁抱時期的我，曾被湍急洪水驚嚇過？

記得我就學的年代，書包裡日日都放著一件雨衣，以防不定時下起雨來，母親在她的工作崗位忙碌，無法為我送來一把傘時，可以派上用場，讓自己免於被雨欺凌。

許多年過去，一切風平浪靜，但又似乎有危機潛藏生活裡。

近幾年來，每遇風災便易大雨，大雨翻臉便無情，無情惡水漫上橋面道路，順勢也掏挖了母親的記憶，五十年前那場嚇壞人的水患，教身邊帶了幾個嬰幼女兒的少婦慌亂不已。

八七水災那年父親在宜蘭工作，艾倫颱風造成中南部大淹水，從新聞報導讀到的慘重兩字，彷彿水刀筆直劃向父親，於是次日便急急趕路，要回家探望妻小，但因無情惡水漫過鐵道，西部幹線只能通行到新竹，父親被迫望水興嘆。然而就算路程再遠、再險惡，父親還是不放棄，選擇徒步走回台中。

後來父親留在中部，或許也與這一場洪水有關。天地間，有什麼比家人親愛相守，更教人心裡踏實？有什麼比平安健康，更教人寬心安慰？

那時尚不解事的我，當然不曾問過父親，當他一路趕著回家，積水如何欺凌他？滿地泥濘又是如何讓他寸步難行？而平安返抵家門，與見到安全無虞的家人，已足夠讓他忘卻徒步涉水趕路的艱辛，母親應該也是在父親冒險回來後，解下她揪了兩天的心結吧。

相隔半個世紀，曾經痛人心扉的惡夢又一次伴水而來。八月八日，該是全家歡慶父親的節日，天卻不仁，一日便傾倒一年的雨量，強勁的雨勢如滾滾洪流，不留情的襲捲山川屋宅。超乎想像的一場豪雨，令多少人失去家園、流離失所，中年的我不忍開口問，只默默祈求，請停止降雨、請停止洪流，所有警訊我們會記省。

自己成了母親之後，明白了兒歌裡媽媽

的心疼，是不忍雨水打濕孩子，是牽掛孩子的安全。八八水患之後，新聞畫面裡孩子滿是驚悸的黑亮眼眸，像山區滾落的大石重重壓在我的胸口，雨，雨，我再也無法喜歡了。

二〇一〇年九月五日
金門日報副刊

長干行．本事

愛看童顏歡笑的幼童，一張張無憂無愁的臉龐，寫著最初最真的本事。

如果父母是親朋好友，小兒女便多有機會玩在一起、笑在一處，親愛無盡。「妾髮初覆額，折花門前劇；郎騎竹馬來，遶床弄青梅；同居長干里，兩小無嫌猜……」這詩，寫著的不正如此？

我愛讀李白的「長干行」，數千年前的這首詩，總教我想起幾十年前的少小，想起少小，心門便有微微酸楚。

那是無憂的年代，幾經搬遷之後在某處定居，我於是有了固定戲耍的玩伴，這些玩伴豐富了我的生命本質。

想來，那時小學年紀的我們便是青梅竹馬吧？

必定是前生曾結好緣，我們的相處不曾生出嫌隙，玩的時候盡情的玩，爭鬥不在我們的心眼裡。不上課的日子，我們玩水玩球玩果樹，可這果樹不是梅。

我們最愛在遮蔽烈日的芭樂園裡閒晃，穿梭其間可能是追逐，可能是摘食果實，然後再大嘆太青澀了，總之少年多趣味。

趣味不只在嬉戲，瑣碎之事便能惹得興味無窮。就著王子月刊頭碰頭搶著閱讀，就著電視我們擠在某人家欣賞卡通，就著參考書我們在廊下切磋功課。在寫完功課，沒卡通的夜晚，我們聚集在某一人的家門前，長板凳上的我們，藉著微弱的路燈玩起故事接龍。各家爸媽和兄姊都不明白，我們如何沉醉在自編的故事裡，竟連蚊蟲叮咬得四肢都紅腫也不自知。

畢竟那般年歲是青澀，不知憂不知愁不知生活有無常。

一年年長大，書包的重量越來越重，性別的鴻溝越來越寬，在那樣淳厚的年代，一轉向，我們全埋進書堆裡。

國中為高中，高中為大學，我們咸信擠進窄門後將是海闊天空。然而玩伴裡有人通過了升學的競賽，卻沒跨過生命的典試，致命的車禍將他阻絕在每一扇門外。

後來許多年每當想起早夭的兒時玩伴，便也連帶想起「長干行」，遙遠的童年是首詩，寫著悲歡離合。因為想起「長干行」，便要唱兒歌「本事」。

記得當時年紀小，我愛談天你愛笑，
有一回並肩坐在大樹下，風在林梢鳥在叫，
我們不知怎樣睡著了，夢裡花兒落多少。

如果可以，只想留住這樣美好的記憶；如果可以，只想記著昂揚青春的玩伴；如果可以，不要思念浸在唏噓裡。

年復一年，我已離了那塊地，曾經的芭

樂園也在怪手下傾圮，那一處還能找著我與玩伴曾有的足跡？

或許每一刻是結束，也是開始，或許偶然迎面走來的少年，似曾相識。

仍然愛讀「長干行」一詩，讀那「同居長干里，兩小無嫌猜」的童趣；讀那「感此傷妾心，坐愁紅顏老」的哀悽。

二〇一〇年九月十三日
更生日報副刊

午醉

孩子小時我拍哄他們入睡的搖籃曲，便是我會哼唱的唐詩宋詞。

有一陣子非常喜愛張先的天仙子。

水調數聲持酒聽，午醉醒來愁未醒。
送春春去幾時回？臨晚鏡，傷流景，
往事悠悠空記省。沙上並禽池上暝，
雲破月來花弄影。重重簾幕密遮燈，
風不定，人初靜，明日落紅應滿徑。

每每哼過一遍又一遍，孩子早已入了睡，我還兀自唱得歡喜。詞意雖有淡淡愁緒，可是隨著〈詩詞吟唱錄音帶〉吟唱，因為譜曲者譜出了輕快旋律，而把原有的愁思稀釋到更微弱。我唱著只想到，時光流轉一刻不停，即使孩子已在午後眠夢中，休憩之後，孩子又會睜開晶亮眼睛探索這個世界，他們會一天天長大，在許多次春來春去後，孩子會昂首闊步去追尋他們的夢，然後把滿是甜蜜的回憶留給我。

那時孩子還年幼，我的思緒卻已在遙遠處，但我不憂傷，我知道雛鳥長大後必然要天空翱翔，我所能擁有的是，和他相處的此時此刻，何不善加珍重呢？

應該是這樣的心念左右了我，我才會

在孩子已闔眼睡著還不停止哼唱。其實有部分原因是，每當哼到「午醉醒來」這句，便起了一個遐想，究竟詞人寫詞當時的靈思為何，怎用了這個「醉」字，而我竟是唱著唱著莫名的就愛上這個「午醉」。

那時孩子尚在襁抱，午後的時光是母子休憩時間，懷抱孩子哼著這闋詞之初，孩子總是張著一雙眼，那對黑而亮的眸子，從晶瑩散放光芒，定定凝望著媽媽，到陶然在媽媽的歌聲裡，漸漸的，翳翳含光的瞳仁盈滿飽足的愛，似在微笑，之後，小小薄薄透明如蟬翼的眼皮，一分分往下掩，不時還會強要撐起一道縫，我看著不禁笑了，孩子是醉了嗎？醉在媽媽的懷裡，還是醉在媽媽的歌聲裡？

而我這個搖哄孩子的媽媽，其實也醉了，醉在和孩子共享寧靜午後的幸福時光，醉在孩子純淨、天真、自然的反應裡。

二〇一一年四月十八日

中華日報副刊

春曉

孩子春末時落地，天候乍暖還寒，雖然照養上得小心翼翼，但我心情仍是歡愉的，孩子初出娘胎，新環境的日夜晨昏，顯然在他認知之外，他極端不能適應，常常夜啼，醒著時候，總左右張望，尋找他所信賴的我的懷抱。

只要把他抱進懷裡，孩子有了飽足的安全，他便不哭了。床頭錄音機之所以孩子睡時也不關機，正是讓孩子在突然醒來，而我正廚下或陽台忙著時，仍有人聲陪伴，好安孩子那小小脆弱心靈。

因是春天，我便哼唱應景的孟浩然〈春曉〉：「春眠不覺曉，處處聞啼鳥；夜來風雨聲，話落知多少。」

我一遍一遍唱著，孩子滴溜溜轉的黑眼珠子，晶瑩明亮。

忙過家事有了空檔，我必不會錯過陪伴孩子，我喜愛和孩子相處的每一分每一秒，我會將下頷枕在娃娃床床桿上，也隨著錄音帶哼唱，有時我乾脆關上錄音機，讓兒子只聽我一人清唱。

孩子雖然幼小，但他是解事的，我恆常如此相信。有時我也故意不哼唱，孩子靜待片刻，彷彿在等著下一曲，可是等著等著，依然沒有聲響，他就會開始扭動小小身體，頭顱向上偏轉成四、五十度角，薄薄的眼瞼不停上下翕張著，黑而亮的眸子閃動慧黠，眼神裡明明白白說著：「怎麼沒聲音了？媽媽，快唱啊！」

真捨不得讓小小娃娃翹首盼望，我很快再唱起〈春曉〉一詩，才唱了「春眠不覺曉」，孩子不知是聽了「春眠」，還是也想「不覺曉」，總之，他薄如蟬翼的眼皮，像被惡作劇的精靈往下拉著，一分分遮去原是十分精神的瞳仁，那薄翼眼皮偶爾還向上掀起一角，小娃娃還留戀在詩詞吟唱的興味裡呢！

第二年初春二月時，十個月大的兒子開始牙牙學語，除了爸、媽之外，他最愛跟著我哼唱詩詞的句尾，我最後一字落下後，便是他稚嫩童音哼起時。每每他鄭重其事的重複每句句尾那字，我看到了可愛模樣，以及孩子在詩詞陶然下的文質彬彬。

多年來，孩子仍沒忘記如何哼唱〈春曉〉一詩，教人寬心的是，孩子沒因負笈外地而晏起不覺曉，想來這一路我這啟蒙師沒失職，在陪伴孩子的同時，潛移默化了他早覺的習慣，他得自早覺的益處，必是一生。

二〇一一年五月十一日

中華日報副刊

搖出離離原上草

孩子褓抱時期，我以唐詩當搖籃曲，久而久之，小寶寶聽到我吟唱，或是播放的錄音帶，很快就安靜下來，沉沉聽著詩句，偶爾舞動細嫩小手，或雙唇掀合蠕動，那神情是陶然的、是愉悅的，是融入詩情的。

離離原上草，一歲一枯榮，
野火燒不盡，春風吹又生。
遠芳侵古道，晴翠接荒城，
又送王孫去，悽悽滿別情。

白居易的〈賦得古原草送別〉，是我常唱的床榻安眠詩之一。

偶然某一天，我發現只要「離離原上草，一歲一枯榮……」一出口，孩子的眼皮自然就一分一分往下闔，彷彿清楚生命是幾經休養生息而慢慢壯碩。

那時我純然只是想給孩子詩情生活，純然只是想著「嬰兒嚶嚶睏，一瞑大一寸」是我最美的少婦生活，孩子成年後離家的事，將在遙遠以後。〈賦得古原草送別〉一詩，是白居易十六歲的應考作品，而我，只專意養育我的孩子，任時光由指間流逝，孩子要長到弱冠，還要在歲月幾多更迭之後。

〈賦得古原草送別〉一詩的前半首，描

寫古原上長滿的茂盛青草，縱是無名野火也燒它不盡，當春風再次吹起時，又將是一次由枯轉榮的景況。自然界的植物，即便只是小草，也因時因地因合適條件而生生不息。

我的孩子從聽媽媽吟唱唐詩餵養，到自己喃喃學語再到會背誦，已然經歷爬坐翻身站立到學步，生命的韌度更在這之間日漸強化，生命的質地也這之間展現光亮。

不算短的歲月，我別無所求，只在教養一個懂得珍重自己，並且學會關懷別人的個體。一路走來，孩子的善良貼心讓我倍感欣慰。

孩子漸長，偶爾我們母子還是會一起吟唱〈賦得古原草送別〉。此詩後半段寫著陽光下芳草蔓生，甚至漫過古道，並與業已荒蕪之城接壁。在古原上為遠行之人送別，茂盛之草有如滿懷離別情緒。

後來我慢慢預見，將來我母子必也有如此相送情節，與其屆時胸懷是「悽悽滿別情」，不如早做心理準備，不讓空巢礙了兩代手腳。

終至孩子負笈北上，正是離家四百公里，一年幾次的南返，逐漸印驗〈賦得古原草送別〉一詩意境。看著孩子年年成長，經由學校與社會的春風化雨，如今兩個孩子各在自己工作崗位上奉獻他們的力量。我相信他們將會努力盡小我為大我、注小愛於大愛，而這便是作為一個母親的我所期許的。

二〇一一年六月十一日
中華日報副刊

滿滿祝福後的相思

唐詩在我心裡占著極大的比重。

除了自己吟誦，我還喜歡教小朋友讀詩、唱詩。

未出嫁前的寒暑假，我都奉獻給姊姊們的孩子，只要跟著阿姨，必定一視同仁，一概餵以唐詩。

曾經在我初嚐愛情之時，王維一首情意深長的〈相思〉最得我心，假期裡二姊的孩子以一腔濃濃乳音隨著我吟唱：「紅豆生南國，春來發幾枝；願君多採擷，此物最相思。」

我這廂唱得十分投入、陶醉深深，兩歲多的小外甥一出口便大煞了風景，他吟出的竟是「紅豆生芒果」，我真是被他打敗了，敗得無力回天。

一首情深意遠相思之作，在不解事的娃兒誤觸下，頓時成了經典爆笑曲目，這記憶從此在我心裡流轉過千遍萬遍。直到與戀人共組家庭自己也生兒育女了後，忒是留心孩子牙牙學語時的發音，一字字教著，務必要他們咬字清晰，我可不想我的兒唱起相思，紅豆也成了芒果。

我用心一句一句教著，再一句一句說解，在孩子尚褓抱時期，純然只是我自己滔滔說個不停、唱個不停，那時婆婆尚且說我

「生一個子肖三年。」

我明白，婆婆看我老是跟不曉世事的娃娃說唱唐詩，沒得回應不打緊，自己還說得興味盎然，說瘋說狂都是。婆婆哪裡知道，我這一兒一女是前生有情之人，今生尋來圓了母子之緣，我要好生與他們結一份今生好緣啊！

相思，就要紅豆才能盡其意。

我一遍遍唱給孩子聽，孩子不足三歲時便也能朗朗上口，每每孩子唱著「紅豆生南國，春來發幾枝；願君多採擷，此物最相思。」我就在心裡告訴自己，以後孩子長大離家，對他們的相思會放在心深處不讓孩子看見，我只給他們，做個母親該給的滿滿祝福。

二〇一一年七月二十八日
中華日報副刊

打從第一次踏進佛光山抄經堂，莫名的我就喜愛那裡的氛圍。

爾後除了參加每月固定抄經修持外，我也喜歡在無事的週日前往。說是義工協助實在汗顏，其實是個人在那之中滋養生命，參化靜心。

每每一進入山頭門，心下便有一份寧靜。一路走著，穿過不二門、靈山勝境，只要側轉進寶橋旁的斜坡，迴廊便會在舉目間。有風時，無論撲面不寒，或是颯颯穿頸，因為感覺明晰，我都歡喜。

迴廊在台階之上，便得拾級，桂花盛開時，左側花圃陣陣醉人花香襲來，惹得人不覺腳下便由緩而輕快了。側身廊柱邊，專意凝神嗅聞花的清香，如沐春風中自有一份無法言說的安適，陶然其間，靜也在不自覺中，佇足我心。

當我假日在抄經堂時，最愛玻璃窗前的椿凳一隅閱讀，練心靜氣。冬日暖陽穿透玻璃窗，停駐在我的背脊，溫熱了寒質之身；豔夏之際隔著竹簾，原是奪目日光立時翳翳，柔軟了烈焰威力。

有時為來抄經信眾遞筆奉經，完事後並不急於回到書冊，反是藉此空檔，自文字空間抽離，暫時放下文字，也是一種生命風景。我面窗站立，遙望對向矗立的東禪屋簷瓦當，遐想間幾篇少年故事雛型立現，沒有文字的窗外天地，反給了我可以書寫的靈感。

無來無去本湛然，不居內外及中間；
一顆水精絕瑕翳，光明透出滿人間。
——唐・拾得禪師

是的，西淨抄經堂清淨也安靜，閒暇時我安身其間一個角落，除了心靈漸趨寧靜，也因在此地而有了書寫的活水。

三月二十那日下午四時左右，抄經堂內有法師導覽的一對來自英國的年輕夫妻，與他們可愛的孩子，正專注在臨摹四給，我在外堂窗邊讀著《一日禪》，突然間感覺高處的窗玻璃不住的震動，並發出響聲，我隨意瞥一眼窗外，風似是微微拂過。

是風吧！風總有和玻璃窗的私密對話。

隨即再想，窗外西淨廊前的樹只是款擺幾處枝葉，風應是柔和不易窺見他的蹤跡，何致會以那般粗重力道敲窗？再回眼看見櫃子上師父擺放的毛筆，不論大小不論短長，一枝枝都醉了似的晃身搖動。

我想，或許是地牛在地底翻身了吧！

在日本東北世紀強震後，台灣不定哪個地區發生地震，或許都會牽動許多人的神經，而這時在南部有了地殼震動，易緊張的我，竟只是定定看著上緣玻璃窗頻頻搖撼，心頭卻是篤定的，不論是風來叩窗，或是地牛翻身，都視之平常，一點也不驚惶。

是看淡了？還是心已依止靜中？

我從椅凳上站起來，堂內一切如常，座上本師釋迦牟尼佛依然慈目看顧眾生，就連法師與外籍遊客也都無感於地殼的震動，想來，是抄經堂的靜已融入進堂人的心中吧！

二〇一一年八月六日

金門日報副刊

只是聽雨

向來便愛雨，莫名的。

夜原已沁涼，忽然落下了雨，點點更添涼意。若是夏夜，很快便熨平了自日起便燥熱的心。

就著窗，不作他想，只是聽雨，也生一種情趣。

我於是想起蔣捷的詞，「少年聽雨歌樓中，紅燭昏羅帳。」多少浪漫花月正春風啊！同是蔣姓的蔣坦與其妻秋芙的戲題芭蕉，不也因雨而生趣味？我的青春年華裡卻是因了過多堅持，而讓他在我的傘外淋了雨。

歉疚啊，在我成了他的妻之後。

而我依然戀著雨，年復一年。

兒子落地在青梅成熟的雨季，月子裡他的夜啼，可是白晝過多的雨滴？這樣季節出生的孩子，倒還不討厭下雨。女兒生在最是橙紅橘綠時，我忒愛的乾爽秋季，女兒卻是自小便愛上雨。方才學會行走，她就愛推開紗窗，伸出細嫩小手，和雨絲做親密接觸。

女兒的愛雨成癡還有一樁，她有一套阿姨送的粉紅色雨鞋和雨衣，天天巴望著下雨。可她一天天長大，眼看就要穿不下那漂亮雨衣，只好就算天才飄雨幾滴，也讓她穿著繞住家巷弄一圈愜愜意。

如此喜愛雨的孩子，當然要教給他們一闋關於雨的詞。

> 西塞山前白鷺飛，桃花流水鱖魚肥。
> 青箬笠，綠簑衣，斜風細雨不須歸。
>
> ——唐・張志和〈漁歌子〉

孩子也同我一般，喜愛輕快的旋律，隨著錄音帶一遍遍唱著。孩子都明白，變天時，媽媽早幫他們準備好雨具，他們只需好好使用，儘管穿梭風裡雨裡，其他不需憂慮。

孩子幼時，許多次帶著他們出門，碰巧遇上下雨，不論是公路大客車，或是鐵道上飛馳的火車，又或者是爸爸的小汽車，孩子也如我，傻傻望雨癡迷。他們或是貼著車窗和雨姑娘對話，或是以指頭和玻璃另一方的雨滴玩遊戲，忘情的時候，從低低淺笑到開懷大笑，總教我陶然在他們的天真裡。

孩子們玩著，我知道他們是快樂的，且讓他們在自己的童話國度裡成長，我且靜心為他們看著前路。卻見低低的雲與我對看，思想起來，莫非這便是前人詞裡寫的「壯年聽雨客舟中，江闊雲低，斷雁叫西風。」

那時節我所有心緒都在生活，都在孩子，聽雨，只是聽雨。

但我知道雨來時，未必人人都如我一般，情願靜靜聆賞。

他們或是惱怒雨的致令不便；或是排斥雨聲的滴瀝嘈雜；甚或抗拒雨的擅闖生活，

或許偶然某一天，我也會這樣。然而縱是不悅，雨仍是點滴任它，一逕的落著。

那麼，要如何？

枕到三更不能成眠？還是雨聲滴瀝，自己也冷冷無情緒？或是更有其他的不快？

不需啊，就視作「悲歡離合總無情，一任階前點滴到天明」，不也可以？真能如此，可能是歲月又更迭，已然「聽雨僧廬下，鬢已星星也」的年紀！

二〇一一年八月二十日
中華日報副刊

春天，恆常在

春天，恆常在。

青春，也恆常在，在我姊妹們的心中。

所以，春末，姊妹相約，去南方美麗的海邊。這一次我們捨棄自行開車，回復年輕時代的出遊，讓火車載著我們，在軌道上奔跑。火車越往南奔馳，氣溫漸次遞增，我們的心情也不讓賢的逐漸爬升。我們向著恆常有春天的城鎮而去，除了拜訪春天，還要尋找遺落許久的青春。

因為不想讓鐵道轟隆隆的記憶，淹沒在新式科技文明浪潮裡，所以我們選定鐵道融合公路的複合式交通。出發時，我們搭乘81車次的莒光號列車，姊姊與我分別由不同的城市上車，目的一致的駛向枋寮。一如我們在不同的年代成了母親的女兒，在無人重複生辰月日中，我們體悟了一份無法言說的因緣。

我們雖由相異的車站上車，但為要在南向尋春的路途比鄰而坐，姊姊的車票只買了她的城市到港都，港都之後一路南向的票，我一次買齊，最後上火車的我，將姊姊吸引到同一個車箱。

落坐後，姊姊由她的提包取出三明治遞給我一份，剎那間心裡湧現我總享有最多的幸福感。火車進行中享用早餐，是件令人感到愉快的事，尤其姊姊還準備了咖啡，我嚐著尚帶著溫度的咖啡，詫異24小時超商的咖啡，原來也可以這麼香醇。

火車依然快速移動著，窗外的景色不停從我們的眼睛跳開，我們姊妹只是看著，因為中年的我們都明白，美好只在當下，像我們樂於經營手足之情，在每一次的相處、每一個互動裡。

姊姊看著車票，問著我們的火車終站枋寮有什麼。

說到枋寮，我便想起詩人的詩〈車過枋寮〉。

當年在學校，學妹們朗讀這首詩的情景，依然歷歷在目，如今，轉眼匆匆，離開學校也一個十年又過一個十年再過一個十年了。

和姊姊的手足緣，何嘗不是數十年匆匆即過，所以，春末，向台灣最南端熱情如火的小鎮而去，有著不予說破的企圖，企圖抓住恆久的青春。

十一點二十八分車抵枋寮，氣息很屏東。

一樣是柏油路，一樣是夾道的商店，可卻與所去過的許多鄉鎮有異。

若問我，差異在哪裡？

我將結舌無法回答，那一絲絲我所覺察的不同，正是枋寮的特色，純粹的地方，純粹我的感覺。

莫不是南國特有的熱帶慵懶？

啊，那股南國風情豈是隨處能得？

恆春還要往南，於是換乘公路客車。姊

姊說「我來就好」，體貼的心，就是不讓小妹妹多負擔。而客運的售票窗口不大，但售票員有問必答，甚至還多過問題範圍，親切指數絲毫不受那小小票窗侷限，依然可以是小票窗口外的那片蔚藍天空，陽光得很。

炎炎日頭罩著頭頂，路邊候著車，空氣聞來鹹鹹濕濕。

看看站牌載明的時間，再抬眼遠眺，正想著公路客車可能還在遙遠的某一條路上吧！才要姊姊長椅上稍坐，車就噗噗而來了。上了車，很想探知此去有多遠，姊姊撥了撥我的手，示意欣賞車外南島風情。啊，是啊，莫管它將要多久才到達，先靜下心貼近此地的山和水才是要緊！

然後，客車奔馳公路上，我和姊姊指著風景說這道那，來不及在每個定點完成。

海在車窗外競逐，陽光穿透車窗射入我們心中，就算歲月的巨輪載著我們，走過千里萬里；就算青春在逐次拍攝的照片中，一回回成了記憶，可我們的心境依然年輕。

所以，因為雞蛋花，尋到白砂十五。

在春天的尾聲，春吶還在墾丁刮起旋風時，白砂十五的網頁嵌入雞蛋花的某天，是我們姊妹以最獨特的方式，走向溫暖的半島，迎著鹹鹹海的味道，再尋一回心靈之春。

二〇一一年十一月七日

中華日報副刊

細草也有旅夜時

自孩子相繼落地後，或者暮春，或者初秋，只要他們醒著精神奕奕，我必會暫停家事，全心陪著孩子，讀詩說故事，要不，就和他們一齊唱詩。無論孩子是否已經學語，我總樂此不疲，通常孩子聽著錄音帶流洩的樂音，或是我的哼哼唱唱，也會跟著咿咿呀呀，十足的娃娃詩人！

那時，我是年輕的媽媽，雖已於婚後隨夫落籍港都生活數年，但偶爾想起我生命源頭的台中，也會稍稍感覺自己宛若天地一沙鷗，為愛、為營造自己的家庭長空飛翔。尤其自出生到大學再到就業都不出台中的我，走入婚姻便是離鄉，拍翅一飛更是飛越了濁水溪，來到海天一色的海港城市。

我，可是看見了生命中的「星垂平野闊，月湧大江流」？

杜甫的〈旅夜書懷〉，在那樣思念從前的日子裡跳出，想著孕育我長大的城市，想著我喜愛的書寫。然而再多的懷想，都不及襁抱中的孩子，於我心的位階。先生在外勤奮工作，我應是他無後顧之憂的屏障，甚至我更應是盡心課子的母親。於是消逝的青春、淡忘的創作，只是偶然拂過心頭的一陣風，孩子長大一些，他們的沉穩健康換得我眉眼恆久的笑意，屆時空巢的我，書寫的題材將不虞匱乏呀！

那麼，教他們唱唱〈旅夜書懷〉這首詩吧！

細草微風岸，危檣獨夜舟。
星垂平野闊，月湧大江流。
名豈文章著，官應老病休。
飄飄何所似，天地一沙鷗。

我知道，數年後我家這兩株細草將會逐漸長大，當他們茁壯到要離家時，我也要教他們，凡事隨緣盡份，心胸放開一些，自然可以看見「星垂平野闊，月湧大江流」的美麗風景。

與孩子唱著〈旅夜書懷〉，每每唱到「天地一沙鷗」，就會想起中學時讀過那篇李察・巴哈所寫的，關於一隻與眾不同的海鷗——約納珊。約納珊不認為海鷗學會飛翔只是為了捕食與生存，他覺得能飛得更快才是生命的最高價值，於是他不斷探索飛得更快的方法，但也因此被同族視作異類而驅逐。但約納珊為了追求理想、完成目標，甘心忍受嘲諷譏笑，及痛苦孤獨，堅持的結果是他成功了。此時的約納珊因為天際翱翔而見多識廣，胸襟也自然開闊，他更將飛翔技巧傳給同族幼鳥，讓更多海鷗體認自由的觀念。

一隻海鷗願意開發自己的無限可能，最終也超越了海鷗的極限，成為海鷗的一頁傳奇。

那麼，我呢？孩子呢？

從孕育孩子開始，我是不是也開啟母性的各種可能？

所以我甘心做個全職媽媽，日日二十四小時，與我的孩子一起成長。孩子在我不設限的陪伴下，每一個成長階段，都帶給我許許多多驚異與歡喜，他們不也正摸索著開展自己的潛能？

蘇格拉底說：「世界上最快樂的事，莫過於為理想而奮鬥。」

對我而言，最欣慰的事，是孩子在面對他們的人生時，有理想，願意努力，還能偶爾抽離，瀏覽沿途風光，並且不忘關懷弱勢，布施奉獻。

有句話說：「飛得越高，看得越遠。」

我相信孩子正走在這樣的路途上，我也盼望孩子能像快樂的海鷗約納珊一樣，有毅力，能堅持，更願意立基於愛，回饋身處的社會。至於他們能不能經常承歡膝下，其實並不十分重要。

作為一個挺孩子的母親，我給予他們最深的祝福，無論他們日後飛向何處，我深信必定都會是能見到「星垂平野，月湧大江」的天地一沙鷗。

二〇一一年十一月三十日

金門日報副刊

煨紅的爐

節氣大雪那天，天氣尚是溫暖，然而隔晨開始，天色卻就籠罩在陰鬱之中，聽說入冬後強勁的冷氣團將南下，氣溫將驟降至十幾度。

十幾度的氣溫，我將如何溫熱身與心？

天一冷，人也跟著開展不了笑容。彷彿連牽動顏面的神經都給寒氣凍住，不經解凍，是無法輕輕彈出一個微笑。

這種時候，如何活化僵住的唇角？

煨紅一爐火，沏一壺熱氣蒸騰的茶，把杯嗅聞冉冉蒸氣裡的茶香，聞那氤氳熱氣，身子宛如氣入任督，脈絡立時朗朗，脊背上漸次竄起暖流，這時，再啜飲一口熱茶湯，保管茶湯方入喉管，脾胃便即刻感應到溫熱，而後寒氣便一分分自指尖散去。

氣脈是活靈靈了，但獨自茗茶，總是無趣，品著茗著，心便容易比茶汁先涼了。

若是有個人一起共飲論茶，冬夜的寒氣，將被紅火熱茶給阻擋在窗扇之外。不經意的我便想起宋朝杜耒的〈寒夜〉。

寒夜客來茶當酒，竹爐湯沸火初紅。
尋常一樣窗前月，才有梅花便不同。

尋常一樣的月夜，不因爐不因火不因茶

而活潑有致，是因來客，才讓整個氣息溫馨美麗。

然而，我始終沒有機會寒夜裡以火爐熱茶招待朋友，多年來，朋友有約，總在日間午後，亮晃晃的日照，是一堵映出亮光的鋼牆，恆常守候著。每每夜幕方探手拉扯夕陽，我便要急急返家，撚亮家裡大燈，廚下再翻炒料理，好等著迎接每一張帶著疲憊回家的臉。

餐後一壺茶，去油沁脾，一年四季，冷泡熱沖，飲後都回甘。

還好，尋常居家生活，自家人也能茶湯裡溫熱舊事。尤其冬夜裡一壺沏過，再熱一壺，談興濃處，便說起童年種種。

我說少小時候，冷天裡阿祖會將幾塊燒得火紅的木炭，以火箝夾進小小竹籠裹住的小火爐，放在榻榻米的矮桌下，讀書寫字，身體便不覺得寒。多少年來，想起阿祖，便想起那一爐火，火爐因有一張竹籠罩住，安全無虞。手被寒氣凍得難受，只消雙手貼住竹籠，竹籠裡小火爐的炭火熱度便滲進手掌，然後由掌心指梢傳導至體內，頓時全身暖烘烘的，感覺大好。每每夜晚臨睡時，總還要央求阿祖再加兩塊小木炭，好偎著小竹爐睡個沉沉好覺。

我不記得阿祖是否曾經也在小爐上溫熱一壺清酒或濃茶，給我那獨愛杜康的父親，或溫潤辛勤一日的母親，或犒賞讓父母無後顧之憂的她自己，但我喝過火爐上溫過的水。長大一些時，阿祖已仙逝，更因島內的經濟起飛，小竹爐從此不再有煨紅時候，年年歲歲，細碎往事一如火爐裡曾經蹦出的火星，亮了又滅，剩下的只是晨起後，爐裡清冷的灰燼。

只如今，天寒時怎換得身心暖和？熱茶一盅，滾水沏燙。滾燙的水如何煮開？也只能煨紅瓦斯爐了。

二〇一二年一月五日
人間福報副刊

因為蘋果

閱讀文學大師的課堂裡，才聽老師提到〈蘋果的滋味〉，心裡就開始翻滾，莫名的激越在我不自知時已蠢蠢釀製著酸劑。

老師談她的少小經驗，清貧的成長年代，高貴的蘋果如何吸引一般庶民小孩。恍然中我似乎也是山徑上為蘋果狂奔的一員。

快，再慢一點，只會殘存嚐不到蘋果的遺憾。

當老師說起為了揀拾同學丟棄垃圾桶的蘋果，眾人義無反顧的狂奔，那珍貴的甜味剎時滑過我喉頭，可卻就酸了起來。我想起兒時的一場病，病中彷彿有沉沉石塊壓在腹部，一直壓到不能翻身，就在開不了口、伸不了手的當頭，母親搖醒冒汗囈語的我，一口口餵著她忍痛買回，方才磨好的蘋果泥，那病因蘋果的滋養竟快速痊癒了。而後對蘋果便就戀戀不捨，總在母親身旁磨蹭，渴求能有機會再一嚐香甜蘋果，可母親說：「一粒蘋果的錢可買一天的菜呢！」

我為此噤聲，但為了蘋果，我是情願再病一場。

因為戀慕蘋果香氣，因為沉醉咬下蘋果的輕脆響聲，與隨之流竄周身的甜美滿足，竟就巴不得生場病，而且還不是打噴嚏流鼻水小小傷風感冒，最好是得個要大不大說小不小的病，便能有幾個養氣補身的蘋果好吃。

我的心十分篤定，這樣病一定會好得很快。

我恆常記得民國五十年代中期一顆五爪蘋果要價新台幣五元，五元到底大不大？黃春明先生在〈蘋果的滋味〉裡經由阿發說了「一個蘋果的錢抵四斤米」，由此可知，在當時蘋果是高貴之物。而在該小說中，阿發的家人之所以有蘋果吃，是因為阿發車禍意外，肇事的洋人送上的慰問品。因斷腿換來的蘋果，阿發的家人咬下後仍然輕脆，可嚐起來竟是酸酸澀澀，沒原來想像中的甜美。

高貴的蘋果不甜嗎？老師那啃了一口就丟的公主型同學，比蘋果更高貴吧？

老師的語音，宛如一種特殊催化劑，我的五爪蘋果戀夢，因此一幕幕走出記憶的簾幕，我不知道喉底的酸在什麼時候悄悄偷渡到眼眶。童年往事歷歷在目，我從沒想到，半百年紀在課堂上因著老師的解構，竟會聯結到往昔清貧歲月裡的小小想望，不自覺的那個渴盼紅蘋果的小女孩便躍然跳出，只是這次小女孩不再孤單，因為就連老師也同她一樣被清貧包圍過。

以為走過歲月，長大後小女孩自然會從蘋果的滋養中，牢牢記住那份無以倫比的香甜，然後永遠不會變味。卻不料隨著課程的進行，蘋果在內心的高浪中搖盪，潮來潮去，終致碎裂，再衝向喉頭，竄進眼底，教我哽咽到無法完成該讀誦的段落。

喉底酸澀究竟還是因為蘋果，可是哽咽後心口卻一陣甜，而後，我從淚水裡走出。淚光，且敬與許多人相似的過往吧！

二〇一二年二月二日
人間福報副刊

碧山遠影都在心頭

中年之後，不經意地就讓前塵舊事悄悄趁著打盹縫隙浮上心頭。

然後發現，原來時光已流逝許久，遙遠的青春年少早已是虛幻的夢境。因這一想，也總少不了心生一份憑弔，心門上一絲絲疼著，究竟是為歲月匆匆不為人稍作停留？還是，在於人，永遠無法抓住什麼？

時光流轉，是自然，卻也無奈，年少輕狂不知珍重身旁人事物，浮浮沉沉間，一併虛擲了青春。高中畢業之後，幾個同在一座城市的同學，雖然各在不同大學就讀，但偶而還作聯繫，綿延少女以來的情誼。其他同學，那年越過大學門檻後真真是各奔前程，想著便聯想到李白那首〈送孟浩然之廣陵〉——「故人西辭黃鶴樓，煙花三月下揚州；孤帆遠影碧山盡，惟見長江天際流。」

偶而懷想從前，同學身影一個個躍上眼簾。

多年以前一個寒假，我由中部上台北探望二姊一家，夜來姊妹閒逛夜市，卻是在飄著細雨的異鄉夜市裡，巧遇高中時期與我比鄰而坐的同學，那微雨冬夜不需熱茶，寒氣在她與我乍然相見的當下便已蒸散了。

即便時至今日，只要閉上眼，三十年前那幕寒冬雨夜異地遇老友的景象，便又鮮明跳出，我所記得的那夜市燈光，一併打亮了從前的記憶。

這位高中同學，她的活潑開朗，她的熱情大方，在在討人喜歡。在那一切都刻板的年代，她偏好膝上稍短裙子，以及髮尾打薄削層的造型，實在令人羨慕她的勇於把握青春、追求自我，當時的她雖是俏皮卻也不胡鬧，偶爾輕鬆，但一點兒也不糊塗。

然而雨夜意外的相逢，一反她年少的妝扮，及肩的長髮綴著幾許雨絲，舉止嫻雅端莊，教人訝異於她的改變，也教人久久回不過神來。時間予人多少改變啊！

一直以為她不可能記得，個性行事風格與她迴異瑟縮安靜的我，誰知巧遇的雨夜過後不久，我在台中家裡接到她自台北捎來的信函，說是年年都想寄張聖誕卡給我，只是都被一些瑣事擾亂了。

那日，捧讀一頁信箋，我感動淚如雨下，我，也曾在老同學的心裡逗留過。多少年來想到她，就想起那個下著小雨的夜晚，祈願走入中年之後的她，一切平安。

二〇一二年九月十九日

中華日報副刊

青山不鬆任他諸風

你好嗎？

如此尋常的問候，該如何呈現，才不致矯情，或失了誠意？

信箋上手書一句句勸慰的文字；或是經由電話、手機，在語言裡頻頻致上切切的關懷；再或是以雲端快速寂然的e-mail傳遞滿腔溫暖；還是用簡訊輕靈的承載，更能讓你真切感受到距離外我的關心？

親筆寫下的文字怕它渲染了情緒，以致無法適切道盡與你一樣人母的心情；平時引人安定的我的嗓音，怕也因不忍而哽咽沉入幽微境地，反礙了原要傳去的撫慰。如此，更遑論冷硬科技產品e-mail與簡訊，將會怎樣淺薄了對你的不捨。

那麼，我該如何問好？才不致讓我的關心承載過多悲傷。

你好嗎？如此微妙一句，夠是不夠？

就將我真誠的掛念，託給白雲帶去，要不，讓它藉著即將到來的西風，飄送我這一份珍重。

你仰頭望天時，請在雲中尋找鑲繡我關懷的文字。

請讓即將回到人間的西風，在你臉頰上停足片刻，呢喃幾句我託去的話語——請多保重。

秋日清晨一陣涼風襲來，乍然驚醒。喪女的痛，於你必是痛入心扉，而我，只能勸你，將你女兒的離去視作她的遠行，你且獻上為人母的祝福，深深地，祝福她一路好走。

然而，談何容易。

就如你說的，環顧家裡四周，時時都有女兒的影子。你說，她的衣物、她的書冊、她的一切，時時刺著你的心，因為她再也不會回來了。老同學們輪番打電話給你，邀你出來走走，也要你好生安排生活，你說你會的，但需要時間。

是的，時間是最佳療傷劑。

你女兒突的給你出了一個大功課，教你措手不及，老同學們不忍你受這麼大的磨難，安排個時間相聚，談天說地陪你抒解。你說，你去上了社區大學吃喝玩樂的課，也去某個道場修習《廣論》，臉上雖無春風，但我相信，你心裡的冬天正一分分淡去。

咬定青山不放鬆，立根原在破崖中；
千磨萬擊還堅勁，任爾東南西北風。

——清・鄭板橋〈題竹石〉

人生在世，人人都有各自修解的人生功課，時間點不同，面對的難題不同，但同是得以堅毅的心去面對，老同學，我深信，向來不懼風雨襲擊的你，必是能走出一條安住的路。

向前看，莫回頭，你將會看出不同的

風景。

若你需要一個擁抱時，請讓我們知道，老同學會一直都在，在每一個關心你的日子。

但無論如何，在尋常的日子，再沒有什麼關懷比得上真心的尋常問候了。

你好嗎？

二〇一二年十一月一日
中華日報副刊

下卷 情趣

茅房裡的黃鶯

又是一週開始，可我仍戀著前夜裡，和姊姊們窩在一起的感覺。好像又回到從前，擠在通舖上，肩並肩、腿疊腿的，伸個手就會揮到另個人。碰上睡相不好的，隔天一定有人說，她前一夜被踢得內傷了。

說來真是令人玩味。以前四姊妹躺下床，就是最高品質靜悄悄，各自閉目各懷鬼胎的睡去，哪裡會枕邊細語交換祕密。一屋子四個女生，竟是不會嘰嘰喳喳吵鬧不停，好像個個都是自閉兒。在我很小很小的記憶裡，大姊就是文藝小說迷，只要捧讀一本小說，管它外面在吵翻天。

三姊更另類，她從來不吭聲，鄰居還有人以為她瘖啞，卻不知她音色音質都屬上乘，唱起歌來如黃鶯出谷，不過這只有在她進茅房解手時才會顯現。她小姐進個茅房如進金鑾殿，進了就捨不得出來，關在那小小半坪不到的空間，她也能自得其樂的一曲唱過一曲，唱的還都是english song呢！可是啊！她爽，我們可都不爽，一家七口，除了她，還有六個人等著上呢！

人家孔老夫子是進太廟每事問，她呀！是進茅房每次唱，而且是不過三十分鐘不出來，任憑茅廁門板快被敲爛，她仍氣定神閒的在裡頭哼哼唧唧。我就不明白，金鑾殿裡皇帝寵召，也是有事上奏無事退朝，哪會耗費這麼長時間，更何況她是在小空間裡聞自己米田共的氣味，不薰嗎？

這都還事小，我更大的疑問是，弱不禁風的三姊，什麼時候練了神功。她居然可以在茅廁裡「蹲」半個小時以上（當年家裡是蹲式馬桶），從不曾喊腿痠腳麻。我問過她，蹲得不累呀？她回答說「時時勤晃動，何處惹痠麻？」

阿彌陀佛，善哉！善哉！原來她練了禪功，莫怪乎我是望塵莫及。

後來家裡要再換屋，我們都一致要求，要換個有兩個便所的房子，免得自家人在家上廁所還得排隊。

人是會變的，這是不爭的事實。但變得像三姊這樣的，也是絕無僅有吧！她結婚之後，一百八十度轉變，公認是全家最聒噪之人。若是姊妹們娘家相聚，或相約出遊，她一定以「我們來說話」開場，然後絮絮叨叨，不渴不喘不疲不累，硬是說書般的難以收尾。常常是我們三人哀求她「拜託妳麥擱講啊！」她才會面露慚色的準備結束，不過她也一定會以「我擱講一句就好啊！」作ending。

我娘說：「奇怪了，以前她都不說話，怎麼現在話卻這麼多？」

「把我以前沒講的補回來啊！」

聽到三姊這樣回答，我差點沒昏倒。

二〇〇五年四月十五日

送走Mr.梅尼耳

不預警的，他就來了。

這不速之客，梅尼耳先生，我實在非常怕他。

我們家五個姊弟，弟弟自有他打球或其他的解壓方式，而二姊向來鬼靈精怪又活潑外向，所以他們兩個都不會和Mr.梅尼耳打交道。剩下的分屬三種不同水象星座的三個姐妹，則時不時讓梅尼耳欺身而來。

這Mr.梅尼耳，實在是欺善怕惡，專門凌虐弱小。我們就是生活簡單無休閒，工作量大要肩挑，壓力只能一直往內擠，太過over的時候，壓力自然就要外放。而我又不會抽煙不擅飲酒，更別談歌聲舞影的放鬆。所以只得任由Mr.梅尼耳，將我當陀螺打得團團轉。

對Mr.梅尼耳向是抱著敬鬼神而遠之的態度，所以一直都很注意（三年避他避得遠遠的）。

這回是自己太太太不當心了。從去年底，孩子的爹幫孩子準備了電腦後，我常會在晚間「霸佔」電腦（反正孩子的爹規定孩子不能多用）打我的文章，半年多下來，腦力耗損過多，睡眠不足（我通常清晨六時即起），日間工作內容瑣碎並得經常使用電腦，這弱質之身怎堪我如此操勞。所以……

所以，一時不察，就讓Mr.梅尼耳吻上了我的人。

唉呀！我這不是白白的損失了幾天的清白嗎？

七月二日晚上十一時左右，趕在值週結束前回應一篇當日上傳的小說，當時心裡還想著，隔天早起些，再review一次當週的作品，好提出個人看法。誰知，七月三日一早起身就一陣天旋地轉，心裡暗叫「不妙」，我寧願大姨媽來，也不願Mr.梅尼耳來。

但到底我是無可奈何呀，他就是這般魯莽無禮的呀！來也沒先通知，去也沒相辭。

其實冰箱裡我都有儲備藥品，但前一回Mr.梅尼耳叩門已是三年前之事了，沒特別去檢查藥品安全存量，結果白色小藥丸還有一排，綠色小藥丸則只剩一顆。沒辦法只能吃一回的份，其他就靜觀其變了，誰教星期日診所休診。

小天使蠻緊張，一直催促她爹送我去長庚急診。我是清楚自己幾兩重的人，而我也清楚這毛病又非急症或外傷，一時半刻也還不至於掛掉，所以即使是去掛急診，大概也只是被晾在一旁喘著，還得忍受急診間嘈雜聲音及滿室藥味，那還不如我就待在我的閨房來得安靜舒服。其實遇到Mr.梅尼耳時，安靜放鬆就是上上策。

這一天最是難受，食慾奇差（其實也是擔心嘔吐而不願多吃），小天使倒是要我多吃，她說先吃再說，如果想吐再吐，吐完了就舒服些（這什麼歪理啊）。我偏是不依，也折折騰騰的磨了她一天。後來拖到晚上仍未改善，於是口述大意讓小天使幫我發個啟事，主要是希望仁人君子代為轉達不能履職的緣由，果然文友A教了小天使修改首頁文章，文友B飛書傳遞訊息，文友C移駕關懷。想想自己何其有幸啊，能識得諸位熱情熱心的文人雅士！臨書涕零，不知所言（感激呀感激）！

七月四日晨起暈眩稍減，仍然臥床，試圖以安靜休息，換紓緩的狀態。晚間小天使的爹帶我去看醫生，回家吃了藥再上床睡覺。隔日七月五日暈眩已大大減緩，下午也進了公司，處理一點雜事，但不敢勉強做耗費腦力之事（如打文件或我私人文章信件）。第四天七月六日，因為持續吃藥，狀況更加改善，而且公司雜事較少，我便看看書（鍾曉陽的遺恨傳奇），打打文章（送走Mr.梅尼耳這篇），還不敢心急貪多，十來分鐘便一邊靠著休息，如此斷斷續續也耗去半天。

小天使說：「妳不要給自己壓力嘛！有點子的時候記在妳的筆記本，再慢慢打進電腦嘛！不要急，慢慢來。」（她那口氣像小老太婆）

是啊，「留得青山在，不怕沒柴燒」。只要我有健康的身體，把Mr.梅尼耳列為拒絕往來戶，我多的是時間嘛！

二〇〇五年七月七日

怎麼都姓「蔡」？

兒子暑假有事要上政大去，我叮囑他將我剛出版的散文集，專程帶去送給我大學的老師過目。我告訴兒子，要知所進退，措辭應對要得體。

兒子說：「我知道，我知道，而且要稱呼『太老師』對不對？」

兒子果然受教，前些年教過他的，他都記在腦袋裡。

他這一回答，我也因此想起幾年前的趣事。

那一年是帶著女兒和學妹們去西子灣看一位老師，在進入教授宿舍區時，我跟女兒說：「等一下要有禮貌，要稱呼『太老師』喔！」女兒點點她那顆小腦袋瓜，表示了解。

我們一群人進老師屋子時，我是聽到女兒開了口，喊了我的老師，只是大家的聲浪重重疊疊，也就沒聽清楚她喊什麼。

又過一年，我們全家回台中娘家，再和另一個學妹相約去看另一位住在台中的老師。我照例叮嚀孩子，要稱呼我的老師為『太老師』。兒子當時將升上小六，他明白『太老師』是尊稱爸爸媽媽的老師。可當時女兒才剛唸完小一，還懵懵懂懂的，但她仍乖巧奉母命行事。只是老師開門見面的剎那，老師師母學生小孩十來個聲波一齊發出，所以孩子對老師的稱呼，也在重重疊疊聲浪裡模模糊糊的帶過。

幾次過後，女兒才鄭重發出疑問：「媽媽，真奇怪，妳的老師怎麼都姓『蔡』？」

哇咧！這下糗大了。「太老師」居然變成「蔡老師」！

好哩加在，每次是去看不同的老師，而且幸好都有許多說話聲掩蓋過去，老師可能也沒聽清楚。要不然，把每個老師都改了姓，怎說得過去呀！

二〇〇五年八月四日

叫伯母太沉重

我和孩子的關係，向來就如同朋友一般，所有事物皆可分享。從孩子小時舉凡學校裡哪個女同學對他有意思，或者他對時事人情的看法，都願意和我溝通。後來學了電腦，甚至在即時通上和同學哈拉，也都不會吝惜讓我參一腳。

有次兒子和同學在線上聊著，他因內急暫時離開，然後我接下他的聊天工作，當然就要來個自我介紹，於是我在鍵盤上敲下「我是Roger的媽媽」，結果兒子的同學硬是以為我兒與他開玩笑，回了句「那我不就是○○的爸爸了？」

因我打字速度不快，還在忙著敲鍵盤時，螢幕上就又出現一行字「Roger，真的假的？是你媽？」我於是敲下「同學，如假包換，我是Roger的媽。」結果我不這麼打還好，這一洩露機密，螢幕立刻沒有任何動靜，我心想這小朋友是嚇昏了，還是在另一部電腦前扮鬼臉？連我也為這片刻的沉默慌張起來。

然後，螢幕上突然冒出幾個字，那無聲無息閃出的黑體，簡直是鬼魅嘛！那幾個字不看還好，這一看，我心都涼了。「伯母妳好」四個字就橫陳妳眼前，不想看還沒辦法呢！這小鬼居然這麼有禮貌，中規中矩的就給我一聲「伯母」的稱呼。這怎麼成呢？「伯母」這稱呼聽起來，有年高德劭的偉大；喔！不，還有那頂著鳥窩頭的歐巴桑的感覺；啊啊！還有「我們這一家」卡通裡「花太太」的影子。使不得，使不得，萬萬使不得，我還花樣年華〈四十一枝花〉而已呢！

此時兒子解手回來，看到我和他同學的對話，煞是覺得好玩的嘻嘻笑著。我趕緊告訴我兒「請你同學別叫『伯母』啦！」但是兒子頗不以為然的說：「叫伯母是尊敬妳咧，不然要叫什麼？」

他說著的同時也快速敲打鍵盤「我剛去廁所，那是我媽啦。」

然後我就看到螢幕小框框裡，迅速顯示出如下的對話。

「真是你媽？」

「真的是我媽啦！」

看來我兒還真不打算告訴他同學別喊我「伯母」，我真的擔心此例一開，以後路上遇見，此起彼落的「伯母」聲，聲聲入耳，可會成錐心之痛呀！

於是我搶下兒子的鍵盤操作權，我急著要告訴小朋友「叫伯母太沉重」。

兒子一旁看到我鍵入的字眼，「噗哧」一聲笑出，半晌，螢幕小框框裡顯示了「不然要叫什麼？」這樣一句。

當下我說：「叫阿姨、叫Roger媽媽都可以，就是不要伯母兩個字。」

我才說完，兒子也如實打完這些字，

數秒後，他同學也乖乖的透過網路喊我一聲「阿姨」了。

從此，連女兒都記住，只要我和她出門，路上遇到她同學，她都一定先知會她的同學「不要稱呼我媽伯母喔，請喊她阿姨。」

如此又過幾年，現在不論是平常路上或網路上，遇上孩子的同學時，「伯母」已銷聲匿跡了。

記住了吧！諸位小朋友，見到同學的媽，請喊阿姨，因為叫伯母太沉重啦！

二〇〇五年八月二十八日

生幾個？

我，想生幾個？

這問題，在婚前是從沒想過的，我一個黃花大閨女，怎好意思談！

我自己在姊弟五人的家庭中成長。想想媽媽真厲害，生的子女數是一隻手的手指數，不過手足多，趣味也多。

後來決定結婚時，正巧是「兩個孩子恰恰好，男孩女孩一樣好」的口號喊得震天響。我心裡想的是，如果經濟能力許可的話，生他四個孩子，兩男兩女，不就做父母的兒女都有，做子女的也各有同性別的手足，真是perfect！

可是想歸想，只當那是本人過度浪漫的春秋夢。只消深思時代變異，養兒育女再沒有舊時大家族的相挺相助，我就會趕緊踩住煞車。而那時也有人說「兩個孩子恰恰好，一個孩子不算少。」說得也是，生一個孩子，至少證明自己並非不孕，而且也非不孝（無後啊）。

雖然後來也有頂客族標榜，「一個孩子不算少，沒有孩子最逍遙。」但我呢？實在是因為小娃娃太可愛了，就不怕煩不怕累的，生了比一個再多一個。而且天公也真是疼憨人，讓我有了一子一女，人生因而有了個好字。

說來好笑，婚前婆婆看我瘦弱，擔心我成了不會下蛋的母雞，總是斂眉。後來第一胎就生個壯丁，剛剛升級當阿嬤的婆婆笑得合不攏嘴，我才離開產房，她老人家就來個耳提面命：「妳要生三個，兩個查脯，一個查某。」

我是聽到了，也很想盡孝聽話的生他三個。哪曉得，第二胎女兒落地後，婆婆一高興又急著叮嚀囑咐，可是這次配額性別都變了，「我看，妳就生四個，兩個查脯兩個查某，按呢卡鬧熱。」

哎呀！媽媽咪啊！這還得了！我生一胎，她老人家就自動增加一個配額給我，按照這情形看來，如果當真再生第三胎，她老人家不就會來上一句：「要生五個。」那我的生肖，不就馬上跳到殿後的那個生肖，這——我可不要啊！

喔喔，是多子多福氣嗎？這年頭可能還得多斟酌斟酌。怕只怕多元社會養兒不易，萬一是多子餓死爸，那就問題一大堆了。

想想，我還是煞車踩到底，有一雙兒女成好字，就該謝天又謝地，及早就不再三心兩意。婆婆有了孫兒和孫女，早就樂得笑嘻嘻，也就忘了給我出考題。只是我的孩子慢慢長大，也跟他們的媽一樣喜愛小娃娃，沒事兩兄妹就吵著要我再生一個。一年吵過一年，也不看看他們的娘多大年紀，還妄想我生出個弟弟！

二〇〇五年九月四日

我不是黑道古惑女

我出生文化城，是個俗稱的番薯。其實認真說來，祖先是從唐山渡海來台的『老』芋仔，因為供桌上的神主牌寫著『太原』二字。太原不是在山西？山西不就在黃河流域？那麼，為什麼非得斷關係？所以，像我們這種才是正港的芋仔番薯。

我的爹說的國語很道地，常被誤認為是純老芋。我的爹他會說，管它老芋或番薯，都要生活要做事。那個年代裡，真正做到「四海一家親」，沒人不禮貌「芋仔、芋仔」的鄙夷，或「番薯、番薯」的睥睨，紅皮紅肉的番薯和紫肉紫皮的芋仔，反正市場裡都是一般價。

後來跨越濁水溪，遠嫁南台灣。南部鄉土親人情濃，四處平疇綠野，一望無際，可也仍是頂著一樣藍藍的天，吸著同樣清新的空氣。

夫家本來相處都和氣，子媳盡孝天經又地義，情感交流從來不懷疑。不知從何時起，全家分兩派，出嫁的小姑們手指藍天，高喊親親我的愛；屏東老家的公婆，卻說查某囡仔鬼，手臂外彎全部都賣台。我一手摀嘴不讓大氣吐出來，因為藍色從來便是我最愛！偏偏我兒的爹，牽手活動跟著跑，他說承歡膝下逗兩老，我卻當他知識雖高卻愚孝。

公婆的論述不容質疑，是島國意識的基本教義。可憐我身在這不會褪色的深綠裡，只有當做馬耳東風隨它去，否則只會落得血壓升高頭暈又心悸，若是賠上小命不就太可惜！

曾幾何時，濁水溪不僅是台灣最長的河，還成了最寬的鴻溝。後來說著這溪、看著這溪、過著這溪，心裡都有無法言喻的悲悽。因為老父已歸西，母親台中獨居，姐弟分散各地。有時回家聚一聚，聊起政治經濟不勝唏噓，換了ＤＤＰ更是慘兮兮，情願繼續支持ＫＭＴ。

原只想既然變了天，只求好天氣，沒想到風災水災接連到，日子越過越無力。政治人物不是ＰＬＰ，就是ＬＬＰ，民眾被教育成頭ㄑㄧㄑㄧ、嘴ㄒㄧㄒㄧ，整天口裡說鄉土，眼裡只看ＡＢＣ。男人說他們有ＬＰ有尊嚴又神氣，女人說她們的成就，便是生子帶著ＬＰ。我看全都病入膏肓沒藥醫。

所以現在我，經常是一襲黑裙和黑衣，您若是路上見了，別當我是黑道古惑女！

二〇〇五年九月九日

從來不知那是痛

有一天，我到郵局郵寄包裹信件。碰巧那天穿了一件無袖洋裝，當我正埋首填寫包裹郵寄單時，承辦的四號窗口小姐突然冒出一句：

「欸，妳都怎麼除腋毛的？用拔的，還是擦除毛膏？」

「嗄？」乍聽之時，我反應不過來，愣了一下下，我才說：「我本來就沒腋毛啊！」

「嗄？這麼好！」四號窗口小姐除了驚呼，還好像發現新人種似的，跟她旁邊五號窗口小姐說：「欸，她說她沒腋毛呢！」

五號窗口小姐聽了，特意放下手邊工作，抬起頭來盯著我看了好一會兒，然後她的評論是：「奇怪了？她的頭髮那麼濃密，怎麼會沒腋毛，真好，都不必為了除毛傷腦筋。」

而我感到奇怪的是，我沒腋毛這事居然也能成為話題！

也許，女人的腋窩有腋毛，真是會讓人傷腦筋。可是，我從來就沒有，小時候沒有，十幾二十歲的時候沒有，到現在一支花過了幾年也還是沒有。請相信我，我從沒用藥或動刀。

四號窗口小姐，接過我要投寄的所有信

件包裹，一邊處理一邊問我：

「妳們家的女生都沒腋毛嗎？妳媽媽，妳的姐妹？」

天啊！這四號窗口小姐也太追根究柢了吧！不過經她這一提，我才發現我有多粗心，竟然從來都不曾留意到我家阿娘和姊姊們，是不是也是腋下無毛一族？我打定主意，從郵局回家後，要打遍電話，問清楚三個姊姊和阿娘，也好證明我和她們是不是同一家人？

答案揭曉後，我果然和姊姊們都是同一娘胎出來的，我們家包含我媽總共五個女人，都是不必為腋毛傷神的人種。也難怪我會一直很無知，以為腋毛是上天對男人的特有禮遇，生為女生就不會有腋下小叢林的困擾。

女兒進入青春期之後，除了該來報到的大姨媽之外，她的腋下陸陸續續長出一撮黑茸茸的腋毛，而我竟是未曾特別關心。腋窩是她小姐私密處，沒事我又不檢查，小時候幫她洗澡，她的胳吱窩也是細緻嬌嫩，我便一直將這美好印象保存在腦海。

有那麼一天，女兒哭喪著一張臉，來到我跟前，大有指責的意味，她說：

「媽，妳看，妳把人家生得腋毛超多的！」

「嗄？妳有腋毛？妳又不是男生？」我又犯了無知的毛病。

「誰說女生就沒腋毛？妳看，這麼多。」

她高舉右手，我果真看到她的腋窩，彷彿一座小黑森林，還真是讓人頭皮發麻呢！可是，奇怪了，我的腋窩光滑無比，忍不住我又摸一下自己的腋下。

「可是，我沒有，妳怎麼會有呢？」我還是沒弄懂為什麼我得天獨厚，照理講，我沒有她就也該沒有，像我和我娘那樣。

「會不是遺傳了爸爸的基因？」女兒自己解了謎。

我想起孩子的爹，腋窩濃密亂草堆似的，酷暑時候偶爾還見他撥弄搧涼，我喃喃說著：「大概是吧！」

「唉喲！誰教妳不讓我遺傳妳的？」

嗄？這什麼跟什麼？

孩子，我從來不知那是痛。我如果有神通，也就不會讓妳腋下夾了座小森林嘍！

二〇〇五年十月十九日

五「ㄍㄨㄢˋ」與「ㄊㄨㄛ」工

當年準備懷孕當媽媽的時候，我先為自己準備了一本「零歲教育的祕訣」，仔仔細細讀過。等到孩子落了地，盡量實踐書中所說的事項。所以兩個孩子都是從他們滿週歲後，我就每天教認一個國字。

我用餅乾包裝盒內側的空白面，以彩色筆寫上筆畫大大的國字，先從名詞教起，再教動詞，形容詞對小小孩而言生澀難懂，所以排在最後的順序。一天一字，到他們三歲左右也累積了數百字左右，他們就可以自己翻閱屬於他們的童書了。

但中國字博雜繁多，大人都很難字字理解，更何況小小人兒。所以小娃兒運用他們所認得的字，在外出時，沿路唸招牌，一方面複習，一方面再多認識相關的字。兒子屬於確定無誤後再說出口的人種，女兒則是凡事有興趣且躍躍欲試的屬性，因此她總會鬧出一些笑話。

女兒三、四歲時，有一回先生開車載著一家外出，途中經過一所國民小學，女兒看到自己認識的字，便興奮的大聲唸著「五ㄍㄨㄢˋ國民小學」，我們其他三人一時間都愣住了。我心想，怎有學校名稱是五「ㄍㄨㄢˋ」，而這五「ㄍㄨㄢˋ」又到底是哪五罐？這時已上小學的兒子哈哈大笑說：「是五權國民小學啦！

哪是五ㄍㄨㄢ國民小學？」我轉頭一看，果然是五權國民小學，正納悶女兒為何認錯，轉而才想到，我只教過女兒「罐頭」這兩個字，「權」這虛無的字意，我還未教給她，她是因為形似而統一讀音。

這種情形的發生，當然不只一次。

另有一回，我牽著女兒外出散步，住家附近正有道路施工。通常施工單位都會在工地附近置放一個「施工危險」的警告招牌。女兒遠遠看到有她認識的字，又是大聲唸出，但她唸出的卻是「ㄊㄨㄛ工危險」，頓時引來路人側目。我這人向來是支持孩子的，絕不會因為路人的訕笑，就責怪女兒害我出糗。我輕聲告訴女兒要看仔細，「拖」鞋的「拖」和「施」工的「施」是不一樣的，女兒則是不好意思笑笑，並說她記得了。

有過錯誤，便會特別留意這種錯誤，女兒便是如此。後來她進了學校，一路由小學到中學，挑錯字的功夫真是一流，連我偶爾也會被她糾正呢！

二〇〇五年十月二十三日

為什麼我是豬？

結了婚有了孩子的女人，聚在一起時，常會交換一些育兒的心得。諸如什麼食品適合孩子，幾歲到幾歲的孩子要多吃什麼，要給孩子說什麼故事，玩什麼玩具之類話題。如果家裡有兩個以上孩子的媽媽，又都會將自家幾個孩子的特性，說出來與人分享，順便還說說自己的養育經驗。

有一回我和朋友談起了頭胎懷孕時，因為生手毫無經驗，生怕照顧不好心肝寶貝，於是乎努力閱讀《嬰兒與母親》這一類的書籍，期盼的是自己這個新手媽媽，能夠吸收更豐富的育兒知識，等孩子生下後，才不會手忙腳亂，也才能好好養育一個健康活潑的孩子。到了第二胎，除了有先前閱讀的記憶之外，更因有了照顧第一胎的實務經驗，因此老神在在，既是輕鬆愉快又能得心應手。於是我說：

「這真是印驗了『第一個照書養，第二個照豬養』那句俗話。」

此時一旁做著功課的小一女兒，耳尖聽到了立時噘著一張嘴，我竟然還未察覺自己「禍從口出」了，還不明所以的看著她那張滿是不悅的小臉。心想她大概是碰上了筆劃多的生字，自己生著悶氣，客人離開後我再陪她好好練習吧。

朋友才一回去，女兒就立即反應她的「委屈」：

「為什麼我是豬？」

嗄？我這個有隆準美鼻，月眉杏眼的美女寶貝，怎麼會淪落到要跟「天蓬大元帥」的家族扯上關係？我再仔細端詳，女兒那麼慧黠可愛，怎麼會是一頭豬？

「妳這麼可愛，怎麼會是豬？誰說的？」要知道是誰這樣惡意抹黑，我一定不善罷干休。

「妳啊，妳說的啊！」女兒恨恨的指向我。

怎麼可能？癩痢頭的兒子還是自己的好，媽咪我怎會說自己的女兒是豬？我幾時說了這話，我自己怎麼渾然不知？不對，不對，女兒一定是記錯了。

「我說的？什麼時候？」

「有啊，剛才和阿姨說話的時候。」

「剛才？」我是丈二和尚摸不著頭緒，我剛才說了自己女兒是豬，我怎麼一點記憶都沒有？

「妳跟阿姨說，妳生第一個孩子很緊張，看了很多書，第二個孩子就有經驗了。」

「對啊，媽媽是這樣說的沒錯。」這些話我是有說過，我也記得，但是……

「然後妳就跟阿姨說這個叫做『第一個照書養，第二個照豬養』，哼，哥哥就比較好，照書養；我是第二個，妳就照豬養，妳偏心，妳把人家當豬。」

哇咧！這什麼跟什麼？

原來這小妮子把這句話當真了。看來我還得大費唇舌解釋一番，誰教我沒事在她旁邊說這些，唉！

二〇〇五年十月二十六日

等等我，你是我的寶貝

有個星期日的晚上，我和先生到科博館附近的日式簡餐店用餐，倚著二樓靠樓梯處的座位，我低頭品嚐喜愛的沙拉。美乃滋的香醇和著洋芋沙拉真是人間極品，含在口裡慢慢感受那份濃郁香味，正如感受人間幸福一般。

正在這時，我看見有個家庭一家四口先後下樓，這家的爸爸手上抱著一個約莫二歲的小男孩，他身後緊跟著一個五六歲的男孩，殿後的是這家的媽媽。爸爸跨步又大又快，小哥哥後頭奮力想要迎頭趕上，卻仍是落後。急忙趕著的同時，小哥哥稚嫩的童音飄出一句：「等等我，你是我的寶貝呢！」媽媽緊接他身後，無限愛憐的摸摸他的頭，小哥哥知道他是媽媽的寶貝。

好美的一句天使語言，「等等我，你是我的寶貝呢！」

那一家四口人很快的離開我的視線範圍，然而那一家人美好的互動，從那時起就一直在我心裡迴盪。

我想起兒子小的時候，先生常是手裡緊抱著兒子，像是他的一個奇世珍寶，不能有絲毫疏忽。他甚至叮囑我，平日帶孩子時，不能讓兒子離開我的視線。

雖只是年幼的兒子被爸爸緊抱在懷裡，

但我也能感受到那份被擁抱的甜美。我常在自家陽台看著先生大手牽著兒子的小手，走出巷弄，我有時看傻了、看癡了，心裡填滿了幸福。幸福就在生活中的很多小瞬間，慢慢疊起。

女兒在兒子殷殷企盼裡來到人間，是家裡每個人的寶，爸爸尤其疼愛。以前抱著兒子的手換成抱著他前世的情人（人家都說女兒是爸爸的前世情人），女兒習慣那樣的擁抱，直到她上了學爸爸仍會抱她，女兒是一點也不害羞，還常央著要爸爸抱，而先生也一直說著，他要抱女兒抱到她十八歲。

兒女們一日日長大，慢慢有他們自己的天地，雖然偶爾也會撒撒嬌，但早已經不像小小年紀膩在媽媽身旁那樣。而我為人母的一顆心，總是提在心口上，怕他們一路上步履不穩，擔心他們照顧不了自己。

現在，他們總遙遙領先，一路走在前頭。我還真想開口喚喚孩子「等等我，你是我的寶貝呢！」

二〇〇五年十一月四日

遇到的都是好人

大約是在十來年前，先生應邀至本市某警察分局演講。演講之後，分局長致贈一些婦女防身器材，有彈簧刀、噴霧器、電擊棒和哨子等。

那晚先生回家後，得意的秀出他的「戰利品」，並要全家老小四人一起把玩練習。彈簧刀危險，兒童不宜，所以就略過不試。哨子一吹必是高分貝的刺耳聲，當時已是夜晚，恐怕驚擾鄰居四座，因此也放置一旁不去動它。

「玩心頗重」的先生拿起電擊棒，從我到兩個孩子，個個碰觸一下，我們三人被電得哇哇叫，他老兄玩得樂陶陶，後來當然是換我們電電他，讓他也嚐嚐那種麻麻刺刺的滋味。接下來再試噴霧器，又是戶長大人掌握操控權，他拿起噴霧器旋轉個鈕，然後按下噴鈕，他明明是對著客廳空曠處噴，奇怪的是我們個個變成了該死的歹人，噴霧器芥末的辛辣味嗆得我們老弱婦孺是又咳又流淚的，好不難受喲！

等戶長大人玩夠了，他雙手一托「嗯，全部都給妳用。」

全部都給我用？

還真虧他龍心大喜，給我這麼大這麼多賞賜，可我還真不敢用咧。

想想這些東西還真是不適合我這種「腳手含慢」的人使用，倘若真是遇上壞人，笨手笨腳的噴霧氣嗆了自己，或是電擊棒沒電著歹徒先電昏自己，那彈簧刀不反成了歹徒的武器，到時候可能加速嗚呼哀哉。

我想雖然我不適合這些「防身器」，但是如果讓它們「晾」在一旁，沒能「物盡其用」也是可惜。於是隔了幾日，我幫這些對我「不適用」的物品，找到適合的主人。我那些女性朋友們「各取所需」，樣樣防身器都有它的「歸宿」，一切皆大歡喜。

幾日後，兒子突然想起，問我那些防身器材呢？我回答說送人了，兒子居然緊張的說：「妳也是女生呢。」

「是啊，我是女生，又怎樣？」

「也會有危險的。」

喔，兒子啊，真是謝謝你。放心啦，阿娘遇到的，都是好人。

二〇〇五年十一月十八日

為什麼你不是我媽媽？

我有兩個孩子，第一個孩子是兒子名叫羅傑，第二個孩子是女兒名喚羅莎。因為哥哥比妹妹早了數年來到人世，所以鄰居左右習慣稱呼我「羅傑媽媽」，而我也順理成章的在與人通電話時，報上這個名號。然而我竟糊塗到，忘了我這媽媽是兄妹兩人的。

話說有那麼一天，我掛電話給為我們公寓做清潔工作的廖太太，當我握著話筒開口說：「廖太太，妳好！我是羅傑的媽媽……」

沒想到此時在客廳另一隅玩著玩具的女兒，忽然呼天搶地的嚎啕大哭，還含混著口水叨叨絮絮些聽不清的語句。

她那震耳欲聾的哭聲，真叫人心驚。因我這女兒打從出生，一向就都是笑臉迎人，甚至連剛出娘胎那一刻，都還要接生的婦科主任讚美她一句：「哇！有雙眼皮咧！」這小女娃才在讚美聲中「忸怩作態」的哭上幾聲。曾經為了要拍下她的「哭相」，還得商請她哥哥打她一下，也才有那珍貴的「美人飲泣」相片一張。

可是這時她沒來由的哭得傷心欲絕，我也就顧不了要和廖太太談的正經事。匆匆掛掉電話，旋即也坐在地板上摟緊她，輕輕撫著她的背問著：「莎莎，怎麼了？」這小妮子抽抽噎噎了半天，才極是委屈的連聲說著：「為什麼妳不是我媽媽？為什麼妳不是我媽媽？」

天哪！這下子我彷如「五雷轟頂」般乍然驚醒，她可是我懷胎十月（不，是三十九週）產下的寶貝，我怎不是她媽媽？莫不是這小妮子聽多了錄音帶裡的故事，以為她是石頭縫裡蹦出來的？又或者是哪個多嘴婆胡謅亂謅，說她是從醫院抱回來的？要不，她怎會對向來為她把屎把尿親娘本尊我的身份產生懷疑？

不過顯然她還是喜歡當我女兒，所以才會在「真相未明」之前哭得如此傷心。

「我是妳的媽媽！我當然是莎莎的媽媽呀！」我以肯定的語氣，並且在重複的句子裡加上她的名字，用來「驗明正身」。

這招果然好用，這小女娃立時停止哭泣。可她聰明伶俐也非「省油的燈」，那圓睜的杏眼裡仍是盈盈淚水，卻也口齒清晰字正腔圓的質問著：「可是，妳為什麼說妳是羅傑的媽媽？」

我的媽呀！原來她不是從故事裡聽來的，也沒有多嘴婆撥弄是非，而是我自己，我是那始作俑者。千錯萬錯，我不該在與人對話，報上名號時，獨厚哥哥。她一定是冷眼旁觀好一段時間了，確定我從沒在與他人對話時，提起是她媽媽這回事。

這小傻瓜，說她聰明也還真是糊塗！我怎麼會因此就不是她的媽媽了呢？於是我「費盡唇舌」解釋，說明我是哥哥的媽媽，也是她的媽媽。我同時「靈機一動」的拋出一句：「以後我都跟人家說我是羅莎的媽媽，好不好？」這小傢伙才「心滿意足」的在她那「梨花帶雨」的臉上，給我一個「破涕」的笑容。

從那之後，鄰人喚我仍是「羅傑媽媽」。這也無可奈何，誰教她比哥哥慢了好多年到人世，哥哥在這地盤已站得穩了。不過我也清楚，我這女兒她可不管別人怎麼樣，她在意的是她親娘的態度啦！

所以，從此我對外一律變更「名號」。

直到現在女兒已中學，我與鄰人通電話時，仍然是報上「我是羅莎的媽媽」這名號！

女兒呢？她可滿意得很呢！

二〇〇五年十一月十六日

完美型男，會不會只是模型？

裴勇俊的迷人笑容和那俊逸模樣，隨著「韓流」而成了許多人夢寐以求的型男典範。又或者也有人更愛明道和立威廉的年輕活力，但這之中究竟哪一型才是標準型，大概也沒個準。一、二十歲的年輕女孩所要求的，必然是和三、四十歲熟女略有不同，當然和五、六十歲資深美女級的看法，也必是有所差異，不過至少也得是要有男性魅力嘍！

如果沒英俊帥氣的外在也無妨，至少你有穩定的工作、努力打拚的態度、溫柔的語調、體貼的對待，幽默的談吐，豐富的內涵等等。女人其實要的不多，這些也就夠稱得上是「有型」了。

然而台灣有句俗話是這麼說的：「龍交龍，鳳交鳳，穩龜的交凍憨」這和「龍配龍，鳳配鳳，老鼠的兒子會打洞」有異曲同工之妙，就是「情人眼裡出西施」嘛！所以就算王八配綠豆，說不定綠豆就是王八心目中一等一的型男呢！

當初妳看得上眼的，不就是他的「這個型」。不論那是什麼型，不修邊幅，邋遢當雅痞；不苟言笑，臭臉當酷哥；嘻哈搞笑，沒大又沒小，等等此類，妳也曾當那是他個人特質，最是吸引妳的不就是這些？

不過常人又這麼說了，最初吸引妳的，

後來通常也變成是缺點了。

邋遢的那人，頭髮長到可攀藤，鬢鬚快能結髮辮，偶爾鼻毛還跑出來招搖，妳若叨唸幾句，人家他還會說「我從以前就是這個型，那時候妳怎麼說『很有個性』？」而那個不說不笑，比席維斯史特龍還酷的man，妳若跟他說這樣沒親和力，鄰居見了都退避三舍，他便說「我又不是智障加秀逗，見了人就咧嘴笑嘻嘻。」如果遇上的是整天沒個正經，瘋起來沒人能比的男人，妳只是請他做個適齡適性的表現，他倒是說「人生已是苦海，何不輕鬆以對。」

倘若真是如此，還真是拿這些男人沒輒，那是他們的「原型」。

但是不對啊！男人追求女伴時，再遠再累再多花費，他咬緊牙拚了命去，妳鐵是會被那份熱情融化的，不是說「烈女怕纏郎」嗎？可是啊，一旦娶到手過了門，他便是「上班一條龍，回家一隻蟲」，吃過飯電視機前一坐，就「老僧入定」了。妳若在他身旁說些休閒計劃，他的理由全出籠，回個泰山泰水家說路遠，去郊遊露營嫌耗費體力，再要他送個禮給妳，他端出的是「錢歹賺子細漢」。

當年那耐心體貼大方的渾小子何去了呀？人還是那人，五官沒變身長沒變，若硬要找些變化，倒是禿了點髮，寬了些腰，多了些肉，也還是妳向來熟悉的尊容啊！但不知不覺莫名其妙的，他就是變了個樣，記憶差了點，脾氣大了點，出手小氣了點，妳也還是得適應他這個「型」，誰教他是妳的男人。

凡此種種，可見「型」是可變的，它不是「定型」的。

那天底下還真有完美型男嗎？會不會只是「模型」？

二〇〇五年十一月十九日

小姬不出聲

三姊因為名字有個姬字，小名因此就叫「小ㄐㄧ」，聽起來就像滿地吱喳亂跑的小雞，但她卻是異於常態，大半時候總是最佳品質靜悄悄。

我是不知道三姊的心理，是不是也有點「連中三元」的女兒身，讓她從小就自覺不怎麼得寵？還是「大智若愚」的她，早早就生「智慧」，知道「是非皆因多開口」，所以「惦惦」才不會為自己惹來麻煩。

不過，就後來得自二姊的「小道消息」，是說三姊之所以不喜歡開口，是因為她那慘痛的「咬舌」經驗。

你可別以為我家三姊看不開要「咬舌自盡」，其實是十七個月大，剛學走路小個兒的三姊，因為傳承上頭兩個姊姊的衣服，經常一身拖地裝（凡她走過，必拖地一回）。有一個星期日早晨，媽媽正忙著洗衣曬衣，三姊忙著吃餅乾、忙跟著二姊跑。那天她拖了件長過腳踝的褲子，又「搞怪」的踩了一雙大木屐，跟在二姊身後，一邊追一邊吃又一邊嚷著要「水，水……」，媽媽還沒來得及空下雙手倒水給她，她小姐一個不留神，自己的木屐踩到自己的長褲，就這麼「啪啦」一聲，正咬著餅乾的三姊臉面朝下摔倒在前院紅磚道上。媽媽顧不得晾了一半的衣服，抱起哭得呼天搶地的三姊，一看，阿彌陀佛呀！媽媽都快嚇昏了，因為三姊的舌頭硬生生咬斷了半截，就這麼在嘴巴裡晃動呢！那時的「小ㄐㄧ」滿口鮮血直流，再也「水」不出來了。

聽說爸媽抱著她直奔診所，星期天清早六點多醫生還在窩窩睏，連敲好幾家診所都「不得其門而入」。更慘的是，因為斷在兒舌痛在娘心，媽媽急著出門，來不及多做準備，口袋裡只有三十元，有的醫生就是不收（不知是怕收不到錢，還是擔心我三姊那斷舌救也救不完整？），直到遇上仁心仁德的張醫師，我家「小ㄐㄧ」三姊的小「舌」才能搶救回來。

聽說當時在診所裡，爸媽合力掰開三姊的嘴，好讓醫生好好接縫。可憐三姊原本就瘦小，這一折騰，舌頭縫了五針，她又十天半月的，因為傷口疼痛只能喝牛奶，食量一減少，整個人就更乾更瘦更像「小ㄐㄧ」了。

最近媽媽回想當年，想起那陣子三姊的完全噤聲，還曾經十分擔心三姊從此不能開口說話，要不是她嚎哭起來也挺大聲，還真會教爸媽誤以為她是啞了。

幸好，「事發當時」及時搶救，並且搶救得宜，另外大約也是「小ㄐㄧ」三姊福大命大。她此後一路平安長大，除了因為縫舌那時爸媽用力拉開三姊那張嘴，以致後來秀氣臉上一張「闊嘴」，要不「小ㄐㄧ」三姊可是我們家號稱有「黃鶯出谷」歌喉的頭號氣質美女呢！

二〇〇七年十月二十日　台灣時報副刊

　　許多人做菜少不得要加味精調味，說是口感較佳，嚐在口裡甘甘甜甜，菜餚變得更美味。但我向來就不習慣在菜餚裡，添加這種人工調味料。

　　不曾吃慣味精的人，常會在參加喜宴或外食後，因為吃了菜色裡所加的味精，而感到口乾舌燥。對於喜宴我無法掌握廚師的調味，也只能當成偶爾調劑，待散席回家後，再好好調理自己口裡的不適。至於有時外出一般餐館用餐，如果能夠，我會請服務人員在點菜單上註記不加味精，圖的不過是家人的身體健康。

　　完全不加調味料，不會口感極差嗎？朋友曾經如此質疑過。不過我想原色原味，不是更能保存菜餚本來的色香味嗎？尤其保留主婦對家人的關心。

　　當然有時某些食物在烹調過程中，還真是需要藉由其他物品來提味。通常若需要呈現甘甜的菜餚，炒的部份我就放進些許紅糖，蒸魚時候我用鳳梨豆瓣或是豆豉，如果是熬湯就加入一顆蘋果或幾小段甘蔗，一樣都能香氣撲鼻，入口甘醇甜美。

　　上個星期天，全家人都在家，午餐我下了麵條，再自製拌麵的醬料。

　　其實我的醬料非常簡單，葵花油一匙、

小磨香油少許、鹽適量、淡味醬油少許，然後加些蔥花屑。等麵條煮熟，撈起放進絆勻，就能上桌享用了。

我把炒雙乾（小魚乾和豆乾）、小黃瓜炒花枝、炒高麗菜和排骨蛤蜊冬瓜湯端上桌，就吆喝一家來吃飯。大家才剛一坐定，我家創意王子立刻就有點子。

「你們知道嗎？媽媽這個拌麵的醬是什麼醬？」

一時之間王老先生、王老太太和小王妹都沒會意過來，三個人睜大眼露出願聞其詳的表情。

「你們不知道嗎？」創意王子還要故弄玄虛一下。

「我這個就蔥花和……」王老太太我正想一本正經的解釋個人料理，我家創意王子馬上攔腰掐斷，「不是，不是，這個醬叫做Dear醬。」

兒子的Dear醬一說完，我們三人全都笑開，王爸爸抿著嘴笑，那意思是說，「臭小子，點子這麼多，不過還真是貼切。」

小王妹則是以崇拜的眼神凝視著她老哥，簡直是要佩服到五體投地了。媽媽我呢？跟著我兒喃喃說著「Dear醬」，還在想著「Dear John」那可憐的傢伙沒人愛了。

這時兒子又說了，「嗯，好吃，在家吃飯什麼都好吃。」

喔喔，我那不花俏，沒加進任何不必要添加物的醬，被兒子稱做「Dear醬」，還真是教人心花怒放呢！

二〇〇九年七月二十九日
聯合報繽紛版

泡菜不是垃圾

二十一世紀全球往來頻繁，英語是世界共通語言，不論出國是觀光旅遊，或是留學就業跟移民，如果英語無法說上幾句，肯定會惹出很多笑話。

話說我家二姊自從移居加拿大後，一直持續上著各類課程，用以累增自己各方面的能力，她尤其熱衷語言課程，為的就是要讓英文說讀聽寫的能力神速進步。

幾年前她為了讓自己書寫功力增強，報名上了一個寫作課程。那個班上有一位剛入加拿大籍不久的新移民，碰巧這位新移民是來自台灣，在親不親故鄉人的情緒引動下，王二姊頗有他鄉遇故人的感覺，此後一腔俠義精神便發揮得淋漓盡致了。

就有那麼一天，寫作班幾個黃種人聚在一起閒聊，其中韓國籍同學熱情無比的帶了自製泡菜要與眾人分享，王二姊、小日本婆和阿泰、阿越等人吃得不亦樂乎，唯獨新移民無動於衷。

阿里郎夫人不能置信，她拿手料理一級棒的韓式泡菜，居然有人能抵擋得了誘惑，於是再次誠懇的請新移民動箸，沒想到這位阿姊很不賞臉，硬是敬謝不敏。

阿里郎夫人不死心，說什麼也要極盡所能的把自己的得意之作推銷出去：

「Pickles is delicious. Eat some.」

新移民一聽，可能被逼急了，竟雄雄迸出一句：

「I don’t like spicy garbage.」

新移民此話一出口，眾人全都傻愣住了，尤其阿里郎夫人臉色立即大「ㄅㄢˋ」，看得出來臭得很。就連其他正嚐鮮的人，個個也是慌張兼尷尬，吞也不是，吐也不是，含著那一口紅白相間的韓式泡菜，還真有說不上來的……「噁」！

王二姊不需多想，也知道阿里郎夫人心裡可能正嘔著：「啥？妳說咱拿手的泡菜是『垃圾』？」

再一看，阿里郎夫人頭頂果真在冒煙，王二姊生怕這韓婆子辣椒吃多了，火氣一上來，揮手先出招，「台韓大戰」就免不了要槓上。

「fighting」這事能免則免，要不，傷了和氣又掛彩。

人不親鄉土親，眼前新移民可也是自己的同胞，王二姊看她一臉無辜樣，分明是無心惹出禍端，敢情是「不輪轉」的英語害了她？於是趕緊偷偷用台語問道：

「妳也不要這樣，不愛吃就講不愛吃，幹嘛講她的泡菜是『垃圾』？」

故鄉來的新移民一聽，慌得手足無措，不趕緊解釋，誤會可就大囉！

「我不是講『垃圾』啦！」

「那不然妳是要講啥？」王二姊再問。

「我是要講我不愛吃包心菜啦！」

「嗄？一丈差九尺，『cabbage』會變成『garbage』，差這麼多！」

這時新移民才恍然大悟，原來是自己把英文單字「兜」錯了，難怪那一群「番婆」剛剛都「目露凶光」瞪著她。

新移民不好意思的絞著手，對阿里郎夫人又鞠躬又作揖，王二姊則是一旁替她解釋並掛保證，純粹是發音口誤，絕對沒有污衊惡意。

一個『cabbage』和『garbage』讓新移民跌進陰溝裡去，從此決定要認真學習english。

二〇〇九年九月二十八日

聯合報繽紛版

自製頂上蚊香

有個朋友工作地點在農場，農場蚊蟲多，擾得她不厭其煩。

擺個電蚊香吧，山坡上哪來的電源插座？而傳統蚊香也只能定點放置，實效不大。

朋友既在農場工作便得忍受蚊子的「肌膚相親」。工作時渾然忘我，下工後一看，自己嫩藕雙臂被叮得慘不忍睹，不禁恨得咬牙切齒。

朋友也想心懷慈悲，但蚊子家族來來去去，不僅干擾工作，到此一遊後留下的「紅豆」印記，更教人氣結。

朋友因此苦思終日，該如何制止蚊子大軍。

一日靈光一閃，有了「行動蚊香」的點子。她將點燃的蚊香繫在腰帶上，走到哪兒蚊香便薰到哪兒，自以為功效可期。

豈知腰掛式蚊香點子雖新穎，但幾天實驗下來，慘況頻傳。當朋友專注在工作時，無法留神到腰際的蚊香，手一擺動就碰觸到蚊香，結果彷彿是自己燒出零亂的戒疤。

看來這方法行不通。

難道就坐以待斃？

有大無畏精神與研發實驗熱情的她，在腰掛式行動蚊香宣告失敗後，卯起勁來開發另一款新型行動蚊香。

終於她又想出方法，這次乾脆就把蚊香固定在頭上的斗笠，如此一來，人走到哪裡，蚊香也燃到哪裡。有此「頂上蚊香」罩著，還怕趕不走蚊蟲嗎？

自從有了機動性高的頂上蚊香後，朋友受到蚊子的攻擊次數明顯減少許多。

不過，哪天蚊香燃到盡頭而人不自知時，不知下場會怎樣？

二〇〇九年十一月五日

聯合報繽紛版

中東人喝中ㄉㄨㄥ奶

住家附近一家連鎖早餐店，飲品項目中有一款「冬瓜鮮奶」，女兒喝過一次，覺得很合她的胃口，偶爾我沒準備早餐的日子，她會選定一種三明治，外加一杯中杯冬瓜鮮奶。

有一天女兒跟老闆娘點了她的早餐，只聽見老闆娘回頭向著裡面喊「中ㄉㄨㄥ奶」，此時我瞥見女兒正嗤嗤笑著，她是笑啥？真到了每事笑啊？

後來出了早餐店，女兒迫不及待與我分享，「呵呵，中東人喝中ㄉㄨㄥ奶。」

「呃？」她說啥，我怎沒聽懂。

「我是中東混血兒，所以喝中ㄉㄨㄥ奶啊！」

「喔喔……」

她這樣說我就明白了，不過你一定霧煞煞。

是這樣的，女兒從襁褓時期，因為一雙圓滾滾溜溜轉的大眼睛，和一臉立體的線條，許多不認識的人初次遇見，除了讚美她長得標緻之外，總是順便問上一句：「混血兒喔？」

「是啊，是啊。」我一定這樣回答，問的人難道不知道每個人都是爸媽的混合體？

「哪裡和哪裡混的？」

這是什麼問題？我這黑頭髮黃皮膚講國語的人，發問的人難道判斷不出是哪裡人嗎？不過我心裡也十分清楚問話人的意思，所以直接明白的回答了。

「她爸爸和我混的。」

這下子換成提問的人傻眼發出一聲「嗄？」

嗄什麼嗄？哪個孩子不是爸爸媽媽混血生下，父精母血沒聽過嗎？如果光是媽媽或爸爸一個人，怎麼演生孩子這齣戲！

後來女兒慢慢長大，還是經常有人說她是混血兒，甚至有人單刀直入，直接就問女兒是哪兩「國」混出來的。

女兒早被這類問題煩得夠受了，暗地裡也研擬了她的獨特答案，此後只要有人再問這種沒營養的問題，她便正經八百的回答：

「我是中東混血兒。」呵呵，這個答案真教人拍案叫絕。

「嗄？阿拉伯血統喔？」

女兒搖搖頭，問者倒是愣住了，他們的想法裡中東混血不是阿拉伯血統，是什麼？

「台中和屏東，我媽台中人，我爸屏東人，我就是中東混血兒。」

女兒說得理直氣正，聽的人卻是嗤之以鼻：「這是哪門子的混血兒？」

「不是嗎？哪一個人不是爸爸和媽媽共同製造的？」

我家的中東人就是這樣來的，現在這個中東人還發現了適合她享用的「中ㄉㄨㄥ奶」，就讓她這個中東人去好好享受另類中

ㄅㄨㄥ奶吧。

二〇〇九年十一月六日
馬祖日報鄉土文學版

資深美人魚誤闖禁區

話說二姊當年移民加拿大，總想著稅金繳了很多，該怎樣好好的撈本？於是她很聰明的善加利用各種公共設施，除了愛逛公園，也常向圖書館報到，夏天時更不會輕易放過「泡」游泳池的機會。

第一次到游泳池，是兒子帶她去的，因為到處開口都是ＡＢＣ，她說著說著舌頭就要打結，有個人牽引總是好的。

二姊讓兒子領到更衣室更衣後，在泳池畔做做暖身操，一轉身二姊就躍入水中，一尾資深美人魚，在池中自在的游來游去。

那回還是二姊的兒子三催四請，才把她「請」出游泳池。她回頭一看，游泳池裡空蕩蕩，連剛才還看到的大肚腩洋人男士也不見蹤影了。離開泳池回更衣室的路程，仍是兒子一個口令，二姊一個動作的完成，她自己完全沒用大腦，未特別留意四周環境。

二姊住的那一區，公立游泳池的建築是中間一個大大水池，左右兩側為更衣室，更衣室出來後便是一條長走道，直接通到游泳池。

帶二姊去過一回，兒子估量母親有能力自己去了，第二次就放她單飛。

二姊提著背包，獨自一人走路摸到游泳池，心裡小小得意著。這一趟二姊只顧心喜，卻忘了她兒子的叮嚀，換了泳衣，也沒留意自己從哪個方向走出去，搖晃到了泳池邊，拉筋暖身後噗通一聲就下了水。

如魚得水，蛙式仰式狗爬式，每一式她都來上一段。等她過足了癮，爬上池畔，想走回更衣室時，才發現東西兩側各有一處更衣室，但完全沒標誌，她根本不記得自己是從哪個門出來的。

這下二姊傻了眼，不知如何是好。愣了好一會兒，只好胡亂選個方向，硬著頭皮走進去。這一進，驚見一位洋人男士正在淋浴！

二姊雖已是徐娘年紀，意外撞見不該見的，也是千百個不願意，誇張的是，她明明是闖入者，竟還本能的大聲尖叫。

洋人男士大概被二姊的尖叫聲嚇壞了，顧不得穿衣，也跟著扯開喉嚨叫個不停。可想而知，這個男女混聲「高唱」引來一陣騷動，洋人男士一手忙遮掩重要部位，一手遙指二姊這邊說：「There is lady!」

原來這邊是女士禁區，二姊回過神，趕緊往回跑，很不好意思的「快閃」遁入另一扇門。

當時游泳池裡還有四、五個人，二姊心想剛才那幕都被他們看在眼裡，說不定人家正取笑著她呢。她快速沐浴更衣，趕快逃回家去。

回家後把這個烏龍告訴家人，孩子們心想，要是被同學鄰居們知道了，這可丟臉丟到家啦。

隔天二姊去語言學校上課時，也告訴老師這跑錯更衣室的糗事，老師以為她此後大概不敢再去了。

沒想到二姊說道，她下次還要再去。老師瞪大眼，為脫線的二姊擔心，怕她一不小心又鬧出更大的笑話來。

幾天後二姊又去了游泳池，這次她機靈了些，換完泳裝走出更衣室後，記得回頭看仔細，要好好記住這扇門的樣子。

二姊有個大發現，原本什麼標誌都沒有的門，這回多了一隻穿了裙子的唐老鴨，再轉身看向另一側，那個門上則是隻穿了褲子的唐老鴨。

二姊心想，是因為她上次不小心誤闖男士更衣間的關係嗎？看來洋人的危機處理還不錯。

此後，二姊游得輕鬆愉快，再也不會糊里糊塗誤闖禁區了。

二〇〇九年十一月二十五日

聯合報繽紛版

我愛佘契爾夫人

這是一個名牌充斥的社會，過度氾濫的媒體，時不時就報導某某人穿什麼名牌、戴什麼名錶、挽什麼包，再不然就是誰誰誰住上億豪宅、開多昂貴的名車。好像人非得藉由各種名牌才能彰顯他的身份地位，非得有各式各樣名牌的襯托，才能顯示出自己的品味。

這是怎樣的心態使然？

曾經聽過一個知名導演說，需要藉由名牌來讓自己昂首闊步的人，其實是沒自信的人。這話，堪是讓人再三玩味。

放眼望去，在一波波名牌風潮橫掃之下，從小孩到大人無不膜拜名牌。小小孩身上套的腳上穿的，動輒數千，甚至上萬也有。喬登幾代幾代鞋，耐吉新款鞋，常是就學中的男孩在意的提高身價必備品。至於青少女呢？因為受了媒體過度渲染演藝人員的裝扮，很多十來歲的少女為了什麼機車包櫻桃包，或是什麼PRADA、GUCCI等名牌，一切向錢看後，自甘墮落了。

事實上一個人的價值，是藉由外表包裝出來的，還是從內在所散發出的高貴情操？一個人的價值，是由幾千幾萬幾十萬幾百萬鈔票堆砌而成，還是他自己便是一座可以產生無限能量的寶藏？

是什麼樣的人，追求名牌？是什麼樣的社會，人人愛死名牌？

在這種社會生存的我，是不是也得隨波逐流，逐名牌而活呢？

荷包不豐的我，自知沒能力追逐名牌，更重要的是沒必要藉名牌壯大自己。向來認為穿衣只需把握蔽體與保暖兩個重點堪是足夠，其他便是多餘，何需耗費心神時間金錢於其上？

由此即可知我這個人的穿衣哲學講求簡單大方，大方是大大方方接受姊姊們或朋友的二手衣，簡單是上市場順便買下剪裁簡單的衣物。饒是這樣，竟也還有人看了我的穿著發出讚嘆並追問「什麼牌子？」

這種時候，我若不說個品牌，好像故意吊人胃口要抬高身價似的，不得已，只好屈服在以品牌論人的潮流裡，於是，我苦思我所喜愛的應該歸類何種品牌。終於，我知道我該如何介紹向來愛用的這兩種超級品牌了。

其實這兩種品牌絕對比其他高單價的品牌還要有名氣，也絕對比那些社交名媛或演藝人員的服飾有更大的消費市場。可是，為什麼一直得不到如雷掌聲的稱讚呢？經我細細思量之後，終於找出癥結所在。原來，它們沒有特殊的商標，或是一個世界知名人士的名號加持。

我這人從小就受這兩種品牌的嘉惠，若不為它們盡點綿薄之力，總覺得愧對神明愧對天地愧對世人。愧疚之後，自覺肩負扭轉乾坤的重責大任，於是從此全力代言、大大推廣，必到鞠躬盡瘁死而後已。

為了區隔有兩個可愛小腳印的「hang ten」，並為提升我愛用品牌的質感，我故意用「second hand」來取代向來使用的中文名稱「二手衣」。上課時我跟小朋友說，是兩隻溫暖的手遞出來的「second hand」，「second hand」咧，英文的喔！很多人都有這樣的記憶，從出娘胎後傳承兄姊們的尿布，到成長時期的衣物交接，甚至到成年都還可能如此交流。而我在這溫暖中走過，怎能不愛護這珍貴的品牌？

至於另一個牌子，是極簡主義產物，但若直接以其出售地說明，恐怕多數人是不屑一顧，如何讓這種實惠產品登上大雅之堂？幾經思索，想到了二十世紀後期英國的鐵娘子「佘契爾夫人」，冠上這世界級大人物之名，夠響亮了吧！

有一回和朋友外出，本人穿了一件有玫瑰花樣的黑色上衣，朋友看了驚為極品，忙著追問何處購買？哪個品牌？我不慌不忙回她話。

「銷售場地不小，通常都有不同的銷售攤位，男裝女裝童裝都有……」

「好啦！這個不用說了，什麼牌子？」

朋友只想探究品牌。

「佘契爾夫人。」

「啥？什麼牌子？沒聽過呢？」

「這麼有名，妳沒聽過？名牌呢！」

「嗄？」

「菜市仔夫人。」

「呃……呵呵……」

然後，朋友和我相視大笑，為我所愛的「菜市仔夫人」。

衣服不就保暖蔽體，搭配得當，新台幣一百元的市場貨也能穿出端莊優雅，一點也不輸給蜜雪兒、香奈兒。

二〇〇九年十一月三十日

金門日報副刊

我愛哭，但我是神不是鬼

哪個小孩不會哭？

哭到什麼地步才算愛哭？

小時候我到底哭的頻率多密集，我自己一點記憶也沒有，可是卻被二姊單方面判定是愛哭。對於這個指控，我一直不接受。

然而不管我是不是承認愛哭，反正二姊就是這樣認定，甚至還不留情面的給我扣上一頂超級大的帽子——「愛哭神」。

還好，她不是說我「愛哭鬼」，這樣我心裡還稍微好受一些，可我還是不喜歡被貼上「愛哭」的標籤。

每回姊妹們相聚聊起陳年往事，二姊總不忘把「愛哭神」哭哭啼啼的事蹟搬出來回鍋一番，而我總也是捍衛自己名聲的一再反駁。

我總納悶，在我無法保留記憶的年代，是不是曾有過什麼愛哭的「輝煌記錄」，不然二姊怎麼老念念不忘我這個「愛哭神」呢？

說真的，我完全不知道自己小時候愛哭的程度有多嚴重，會讓二姊這麼的「記憶深刻」。奇怪的是，為什麼我自己一點印象也沒有？而且一家人之中從來也只有二姊給我貼了「愛哭神」的標籤，其他的人從來沒用「神」這個敬語對我，所以二姊繪聲繪影闔於我的愛哭，是真實的嗎？

當年既沒錄音，也沒照片可供佐證，全憑二姊一張「唬爛嘴」，就壞了我幼年清純的「名節」。現在回想起來，年代久遠，已不可考，多半是二姊「誇張」的成份居高，所以只可視之為「野史」，絕非我個人成長的「正史」記錄。

我始終相信二姊之所以「賞賜」給我一個「神」的名號，只有一種可能，那其實只是二姊不耐煩我哭而已。二姊說我的愛哭，總在懶得走路時發作。她說阿祖交代她好好照顧我，若讓我跌倒了摔傷了就唯她是問，而我常會懶得走路，趁機就賴著她說腳痠，非得要她揹我不可，她若是不肯揹，我一定拿出我的拿手絕活「哭」來祭她。

「每次都用哭的，只要妳一哭，阿祖就罵我，都是妳害我被罵。」

「哪有？」我完全沒有阿祖罵二姊的記憶，當然更不可能有我懶得走路的印象。

「還說沒有？妳最懶了。」

是嗎？我完全不會覺得自己懶啊！（天底下有哪個人會承認自己懶？）

我一直是勤奮的，而且是該自己向前邁步的這事，這一路「走」來，人生都過半了，我最擅長的就是「走路」，怎麼二姊「言之鑿鑿」的竟是我懶得「走路」？

太荒謬了！莫不是現在的練就了一雙「健腳」，是因為小時候「懶得走路」的刺激？

是這樣的嗎？我仍然不接受我「懶」

得走路的說法，當然也不相信我是因此而愛哭。曾經向大姊和三姊求證過，她們二人都保持中立，以不得罪人為最高指導原則。但是找不出證據，全憑二姊一張嘴就要判定我是「愛哭神」，我也不怎麼甘心，所以我始終抱定「打死不承認」。

關於我向大姊求證一事，大姊的回答其實有兩款。

「不知道耶，沒有印象。」

「我和妳年紀差得比較多，上學去了，沒感覺。」

三姊呢？她的說詞又如何？大部分時候她會推說沒印象，因為那時她忙著讀書，偶爾一兩次她說了，「嗯，妳小時候好像還蠻愛哭的。」

呃？我小時候真的愛哭？

話是從「一本正經」的三姊口中說出，我比較信服。

果真如此，那成長以後以至於今，每每讀到感性文章，或看到感人影片，都會忍不住掉淚，這是其來有自囉。

這樣看來，二姊給我一個「愛哭神」的封號，好像還算名副其實。幸好，二姊給我的不是讓人害怕的「鬼」名，她給我的是一個尊貴無比的「神」級封號，我想我應該要感謝二姊才是啊！

二〇〇九年十二月二十二日

馬祖日報鄉土文學版

我可是ㄔㄔ地等喔

朋友相約一起用餐，幾個人已到，卻還有一人不見蹤影，大夥左等右等，餐館提供的茶水喝過一壺又一壺，服務人員也一再過來關切，「是不是要點菜了？」

「稍等一下，我們還有個同伴還沒到。」

老是如此回答服務生，服務生也感覺奇怪，頻頻以異樣眼光盯著大家看，莫不是將咱座上幾位視作來此吹冷氣喝涼水的「奧客」？

眼看時間一點一滴過去，服務生再次好心來提醒，「小姐，我們用餐到兩點。」

「噢，謝謝。」

這意思是說不點餐可以請了是嗎？

趕緊撥手機給尚未現身的朋友，她說已在來的路上，請大家再等她一會兒。經過討論，眾人想既然朋友已快來到，何不就先點餐，或許稍後上菜時，朋友也正好趕到。否則再這麼耗下去，真會讓店裡服務生給瞪出標記。

如此決定之後，閒談間眾人等了又等，餐點都已煮好端上桌，遲未現身的朋友仍然杳無蹤影。美食當前誘得人不禁垂涎，又因久候眾人早已飢腸轆轆的了，不需多說，在肚子咕嚕咕嚕狂叫催化之下，大家很有默契拿起餐具便享用了起來。

「就邊吃邊等吧！」這想法在眾人眼神間流轉。

好一會兒，朋友終於姍姍來遲，在座眾人尚未責怪她行事龜速，她竟是先抱怨起大家來了。

「厚，都不等我就先開動。」

「還沒等？都等白少年頭了。」

「我們望穿秋水，水都喝了三大杯了。」

這些說詞遲到的朋友都不以為然，這時另個口含食物的友人卻爆出此語，「我們這不就是ㄔㄔ地等？」

此話一出眾人笑開，遲到的朋友也欣然。

二〇一〇年三月十二日
聯合報繽紛版

別說妳是三小姨婆

去年裡大姊的兒子生了兒子，她升上一級成了祖字輩人物，我們其他三個姊妹也在同時間升了級。

巴望了好多年終於「熬成婆」，興奮當然不在話下，眾姊妹紛紛在與小孫兒初見面時，爭相進行自我介紹，彷彿就怕將來小孫兒拉錯衣袖喊錯人。我呢拜排行最小之賜，不必多傷腦筋，直接就報上名號「我是小姨婆」，二姊一聽，很快做了排行序的更換，出口行銷她自己的同時，還不忘再給我貼一次名牌，「她是小姨婆，我是二姨婆，翔翔要看清楚喔！」

初出娘胎未幾的小娃娃睜著慧黠的眼，看著眾姨婆們自訂品牌。四姊妹中的天兵人物動作慢了半拍，在二姊與我對小孫兒表明身份之後她才姍姍開口，一開口便是「我是三小姨婆啦！」

呃？三小姨婆？聽起來好像怪怪的。

小姨婆是我這個排行最小的人獨享的稱號，她在姊妹的排序是第三，簡單俐落的報上「三姨婆」不就好了，幹什麼還要加個「小」字？

在爆開的哄堂大笑中，小孫兒眼珠子溜溜的轉，天真無邪，他可不知道「三小」聽來不但有點刺耳，還有教壞囝仔大小的嫌疑，看來得趕快叮嚀他的三姨婆，別再說自己是「三小」姨婆啦！

二〇一〇年四月二日
馬祖日報鄉土文學版

炸雞，七里香

假期裡女兒的同學到家裡來玩，週六中午我們將外出用餐，臨上車前女兒同學望著小花圃裡正冒出花蕾的七里香，陶然神往後大加讚許，「好香喔！」

「妳聞到了？」

我心想這孩子嗅覺真敏銳，剛剛綻放花苞的七里香，香氣淡得若不是非常仔細的嗅著，通常都會遺漏，沒想到天賦異稟的她，竟然只是臨上車前的匆匆一嗅，也能精準嗅出。想我女兒日日進進出出，不說不曾張開鼻翼好生聞上一聞花圃裡的植栽，恐怕連我栽種了些什麼花卉，她也是一無所知的。

還是女兒的同學聰慧空靈，她簡短的讚美花香，其實對我是夠力的肯定，肯定我也能種出散放濃郁香氣的七里香。

果真七里香花香能傳七里？

當我還在納悶七里香的花名與花香關係，女兒同學冒出一句更讓人迷惘的話。她沉醉深深的說：「超級香的呢！」

呃？我很詫異，因為連我都不太聞得出的七里香，這女孩居然會有「超級香」的感受？好像有點over了！

女兒畢竟和同學有三年同窗情誼，對她的瞭解顯然有一定程度，不加思索開口便問道：「甚麼香？」

「炸雞的香味啊！」

「哈哈……」

原來她聞到的是不知哪一家正製作的午餐料理，根本不是我的七里香哪。

二〇一〇年四月二十六日
聯合報繽紛版

一魚兩隻

不久前和大姊出遊，用餐時分找了一家海產店，店家熱情介紹各種魚類，熟悉魚種的大姊選了外表醜陋的石頭公，店主人拿起魚撈準備從店門前大水族箱撈魚，還不忘稱讚大姊識貨，然後店家操著台灣口音的國語說，「就做兩ㄘㄨ囉。」

大姊一聽，想那石頭公身形不小，晚餐就我兩位女流食用，況且又不是只享用海魚大餐，我們還點了其他菜色，沒有必要因為魚兒鮮美就多點，一尾其實恰到好處。

「不用兩隻。」大姊說。

「就做兩ㄘㄨ啊！」店家邊忙著自魚缸中撈出石頭公邊說這話。

「不用啦，就一隻，做成清蒸。」大姊再次強調。

「這魚可以兩ㄘㄨ啦！」

「我們一隻就夠了。」

「妳們兩個人，這魚可以兩ㄘㄨ啊！」

「我們才兩個人，一隻就可以了。」

我一旁聽著店家和大姊一來一往的對話，明白大姊堅持一尾就夠享用，但我也明白非假日偶爾有客人上門想多做筆生意的店主心理，這該如何取得平衡呢？

正在說法不能達成共識時，店主已將石頭公敲昏，垂首處理魚鱗魚鰓前，他回頭不解的看著大姊，然後緩緩說道，「這種魚的肉清蒸好吃，頭尾還可以用薑絲煮湯，兩種ㄘㄨ法。」

「喔喔，你是說兩吃喔？」

「嗯啊，這一隻魚做兩ㄘㄨ剛剛好啊！」

兩隻兩ㄘㄨ雞同鴨講了大半天，原來是一魚兩吃啦！

二〇一〇年五月二十六日

聯合報繽紛版

花鮮媽趣味正名愜吾意

或許有人一看這標題，不作細究便以為咱家和花木蘭是一家親。其實八竿子也打不到一丁點關係。

我應該這麼說，拜與女兒合作的親子交流書《笑女花格格》之賜，多了個「花媽」稱號。

不知是因叫得順口，還是因為我家有個花格格，包含親友及讀者在內，咸視稱我花媽為理所當然。

事實上讀者諸君若細讀我的文字，書裡不只一回我作了聲明，本人不論外形或性格，都與我們這一家裡的花媽南轅北轍，所以我不、是、花、媽。

為防被冠上花媽的名，我還先自行給自己封個號，鮮媽是也。給自己弄個外號，原也只是預作防範，不想真有讀者認真看待此事。

前年在高市圖寶珠分館一場親子講座上，有位來賓問道：「你書上說自己是鮮媽，請問你怎樣鮮？」

從沒想到聽者所提的問題是這麼的鮮，不過我還真是喜歡這樣的鮮問題。於是我笑笑回答：「我自詡鮮媽，第一因為我是新鮮的。」

「從何得見？」

「我到現在還活跳跳啊！」現場有笑聲，我稍停片刻再說：「第二我嗜嘗鮮、嗜好新事物。」

「怎麼說？」

「凡新鮮事如電腦、網路等，我都愛學。」

台下眾人有人點頭，我想他是贊同我的鮮媽稱號，但我還未釋名完畢，我接下再說：「第三我示鮮明。」

「？？」

眾人似是不明白此話意涵，而我想這既是親子講座，就不要偏離主題太遠，怎麼樣也該導回主題，即便只是探討鮮媽之所以是鮮媽。

我說：「所謂的我示鮮明，就是對孩子的指示一向明確不含混。打從孩子小時，我對他們的教育，就是合理的事一定堅持。舉例來說我希望孩子不挑食，所以要求他們從小每一種菜色得都吃。」

「苦瓜、洋蔥、茄子、青椒、紅蘿蔔……」

「都得吃，沒有例外。」

「你的孩子如果說不好吃，不吃呢？」

「不好吃、不吃喔？歹勢，那就再加一份。」

底下眾人沒再發聲，他們大概見識到鮮媽無比鮮明的指示，我繼續說：「因為我這樣的堅持，孩子一路到大真的什麼都吃了。」

後來在大高雄地區大街小巷，經常看到看板或廣告傳單，花媽乃市長獨樹一格的標章，那咱這名不見經傳的小卒，更是不能僭越了啊！

思前想後該如何正名，以愜吾意。

五月裡有場和青少年朋友的微型座談，藉著開場，我開宗明義先行正名：「本人雖是花格格的媽，但我不姓花，所以花媽非我也，書中我揭示自己為鮮媽，卻總為人忽略，從今起乾脆就兩者合而為一，所以我乃花鮮媽是也。」

本人此番正名，純為趣味，博君一笑是也。

二〇一〇年七月二十九日
馬祖日報鄉土文學版

是麵ㄙㄛˋ不是咪・ㄙㄛ

民國三、四十年出生的人，多數家中父母都是受日本教育，在家談話習慣以日語、台語交雜，阿卿家就是。

有一日媽媽忙著煮午餐，發現調味聖品已用完，急著掏出兩塊半遞給阿卿，用台語交代阿卿去買她要的調味品。「阿卿，妳去店頭買『麵ㄙㄛˋ』，緊喔，我煮魚湯要用。」

「喔，我緊騎腳踏車來去。」阿卿一聽心喜今日午餐又有好吃的味噌湯可喝，興奮的牽著腳踏車就要踩踏。

「一點點路還騎腳踏車？」媽媽的叨唸，阿卿才沒放在心上呢。「阿旺伯，買『咪・ㄙㄛ』。」

「買多少？」

阿卿把手上的兩塊半遞給阿旺伯，阿旺伯一看傻了眼，『咪・ㄙㄛ』不過是賤價食材，一兩毛的份量就能煮上幾餐，阿卿一口氣要買兩塊半的『咪・ㄙㄛ』，難不成是要發給全村的人家？是阿卿的爸媽中愛國獎券了嗎？

「阿卿，妳老爸中愛國獎券了啊？」

「沒啊。」阿卿睜大眼看著阿旺伯，心裡狐疑他的問題，因為爸爸從來不買愛國獎券。

「若無，你『咪·ㄙㄛ』一次要買兩塊半這麼多？」

「啊，我媽就拿兩塊半給我，說要買『咪·ㄙㄛ』啊。」阿卿照實回答阿旺伯的問話，對於『咪·ㄙㄛ』的市場行情十歲的阿卿根本沒有概念，她只知道錢是媽媽拿給她的，話她可也沒聽錯。

儘管阿旺伯滿腹疑問，但是買方要買的量就是這麼多，焉有把上門客人往外推的道理？

阿旺伯幾乎是挖空了店裡那一桶『咪·ㄙㄛ』，阿卿也慶幸自己是騎了腳踏車來，否則那一大袋她可會扛不動的。

回到家，立好腳踏車，阿卿往屋裡喊，「媽，我『咪·ㄙㄛ』買回來了。」

「拿進來啊，我等著用呢！」

「太重了，我搬不動，你來拿啦！」

媽媽就不懂了，一包『麵ㄙㄛˋ』才多重，阿卿她會拿不動，軟腳蝦軟的也只是腳啊！

媽媽實在是急著要用，乾脆親自來拿可能還比指望阿卿送進廚房的快。

媽媽才推開木門，看見腳踏車後座上那一大袋『咪·ㄙㄛ』都快昏了。

「叫你去買『麵ㄙㄛˋ』，你卻給買了這麼大袋的『咪·ㄙㄛ』回來，是要吃到冬尾啊？」

「你不是說買『咪·ㄙㄛ』？」

「我是說買『麵ㄙㄛˋ』、『麵ㄙㄛˋ』，炒菜、煮湯都要摻的『麵ㄙㄛˋ』。」

「厚，人家以為你說的是日語。」

「日語？」

「嗯啊，『咪·ㄙㄛ湯』的『咪·ㄙㄛ』，人家怎麼知道你是說味素？」

二〇一〇年十月二十日

金門日報副刊

見笑系的黃教授

如果路上看到她遠遠走來，必是迎著一張笑臉。趨近再和她招呼閒聊，絕對是語出驚人，會讓來人笑得開懷。和她熟識的人常喊她「黃教授」，但其實她並不姓黃，她只是冠了夫姓。

有人問她：「這年代妳還冠夫姓喔？」

「黃教授」的回答是：「算命的講我冠夫姓會很好命。」

「按怎冠？」問的人尋她的話尾問。

「趕緊甲伊發生關係啊！」

「黃教授」調侃自己，自娛娛人，她覺得能讓眾人開懷大笑，也是功德一樁。她的名言是，愁眉苦臉也是過一天，何不笑笑的過！

朋友為何給她一個「黃教授」的稱號呢？因為她擅長說些帶顏色笑話。

她的幽默風趣並非與生俱來，早些年她只是一個單純家庭主婦，從事裝潢的黃先生努力工作，她在家照顧二子一女。她是經歷過人生大痛後，才蛻變成現今笑容可掬的「黃教授」。她長子小學時，有天她騎機車載孩子要去上心算課，於路口轉彎處遭拖板車尾部掃倒，她的腿骨折，長子則當場往生。

遭逢喪子的人生大痛，自己又傷重住院，最讓她自責難受的是黃先生完全沒有責怪她，一直在病榻前細心照顧。出院後，她難解心痛，常在自家後陽台呼天搶地的，怨自己，祈求上天讓她再生個兒子回來。

後來，她的同學引她親近佛法，那椎心之痛才慢慢解下，並體悟出生老病死乃人生必經之路，只是早晚的差別而已。她一轉念，豁然開朗，後來還到醫院做志工。

黃教授從事志工事業十幾年了，近年更擔任大隊長一職，志工服務隊有個「黃教授大隊長」，常常笑聲不斷。有一回服務隊請了一位吳教授前去演講，演講結束後「大隊長黃教授」趨前和吳教授招呼致意。她開口便說：「吳教授您好，我是『黃教授』。」

吳教授客氣回禮：「幸會，幸會。」

這時一旁社服課課長向吳教授建言：「教授，您問她教哪一系？」

不待吳教授提問，「大隊長黃教授」就自己表露：「我是教『見笑死』啦！」此語一出，當然是引來一陣哄堂大笑。

笑，讓人少煩惱，更讓人生活變好不變老。

路上偶遇「黃教授」，若是你恭維「黃教授」：「喔，妳一樣青春，都沒變。」

「黃教授」的回答肯定是「哪裡沒『便』？每天不是『大便』就是『小便』。」

走過生命幽谷後，「黃教授」早已蛻變成真正樂天知命的「生活教授」。

二〇一〇年十二月六日

聯合報繽紛版

囉唆，誰喊我？

常聽人說人如其名，自己年少時頗不以為然，因為母親總笑我是世界第一醜，如此與我的名便就南轅北轍了。

成年之後，我覺得名字不過是一個代號而已。

倒是自己結婚生子後，領略到取名字是一大學問。

要怎麼取，才能避開高普及率的菜市仔名，要怎麼斟酌，才能是字形字音字義都不錯的名字，還真是大不易啊！

為了融入孩子父親這一脈的血統，他們名字中間一字固定「羅」字，因此只餘一字的選擇空間。

為兒子取名時尚不至於困擾，但女兒出生時，我得極用心的蒐羅讀音不錯，字義也很好的字眼。

一開始我看中了「蔓」、「蘭」、「絲」等字，自己念著頗為滿意，因為無論是美國作家「羅蔓羅蘭」，或是台灣作家「羅蘭」，都是自己景仰的，如果從名字就能給女兒文藝的薰陶不也很好？

但這時親友團裡卻紛紛出了一些意見，孩子的舅舅說：「不好，不好，羅蔓台語唸起來像『鱸鰻』，流氓耶。」

呃……好像和我可愛女兒真的不搭。

幾個阿姨則說：「羅絲也不好，乍聽之下，會想成『螺絲』。」

後來綜合各家說法，再經一番深思熟慮，最後選定一個「莎」字。

那時我們刻意略過這字另一讀音「ㄙㄨㄛ」，只取其「ㄕㄚ」這個音，於是「羅莎、羅莎」喊得好不快樂！有時外人還誤以為我們喊的是咖啡品牌。

一路養育女兒，她是心性單純、愛與媽媽分享所有事的孩子，不過偶爾在我正忙時，那落落長的分享內容就顯得「囉唆」了，要她說重點就好，她卻「言簡意賅」不來。

久了，先生與我都感覺到這孩子挺「囉唆」的，爸爸偶爾故意用台語喊女兒「王囉唆」，女兒雖然嬌嗔，卻也欣然接受。

怎知她欣然？

因為有天我與先生談著話，久久沒能有共識，心一急我脫口而出：「囉唆！」這時女兒房裡竟傳出「誰叫我？」女兒突如其來的回應，反教兩老啞然失笑。

再看她來到跟前一本正經問道：「什麼事？」啼笑皆非之餘，還真不得不信人如其名這一說呢！

二〇一一年一月十日

聯合報繽紛版

半百入廚下，洗手燉牛肉

說起三長（家長、戶長加厝長）爺，是宇宙無敵超級酷的爺，早年更是奉行君子遠庖廚之說，我們娘兒三人原以為「江山易改、本性難移」，這輩子若要指望三長爺有啥改變，除非太陽打西邊出來。

但出人意料的，年過半百的三長爺居然轉了性。

三長爺現在不再說廚房油膩、高溫，會燻壞了屋子，也不再標舉那套分工合作買現成回家吃的歪理。

打從個把月前，三長爺就說：「哪天我弄個牛肉你們吃吃，你們就會知道『賢的不展、展的不賢』。」

他意思是說他工夫了得，只是不顯現罷了！其實我們母子都很想嗤之以鼻。

「呵呵……會不會等到天荒地老，牛肉都還沒煮。」積多年經驗我是不敢抱任何希望。

「快啊，明天就煮。」我家格格等不及了。

「是嗎？我等著。」哥哥不敢盧，倒是還懷抱希望。

只是掌廚多年的我，就不信平日不動三寶（鍋、鼎、灶）的三長爺，真能煮出什麼可吃的東西？

三長爺果然很認真上網搜尋相關資訊，除了列印，再加多次細讀，甚至還存檔備用。

看來三長爺是玩真的，就要握鍋鏟大展身手嘍！

除了熟讀烹煮步驟，三長爺還不恥下問，在過去是不可能發生的事，現今都冒出來了。

「牛肉要去哪裡買？」這可是破天荒第一次呢。

可別以為三長爺燉牛肉就是備牛肉這一種材料，錯了，他還繼續問呢。

「白蘿蔔要買多少？」

「依你牛肉的量去搭配。」

「滷包呢？」

「超市也有啊。」

「超市的滷包有含八角嗎？算了，我還是去中藥店買好了。」

即便是正忙著家事，可遇上三長爺求知慾正濃時候，說什麼也得耐心解說，這才不會澆熄他那一腔「做菜的熱情」。

「家裡有冰糖嗎？」還沒問完？

「應該有，如果沒了，就用砂糖取代吧。」深呼吸耐住性子。

調味料可以選用替代品，是我累積二十年的掌廚經驗，可當我回頭一看，三長爺面露為難臉色，天啊，我可不想成了搗爛三長爺一鍋牛肉的最後一根稻草唷，於是趕緊好言安撫。「沒關係，冰糖沒了再買，這樣才有純正風味。」

語畢，三長爺居然笑了。天哪，還好，沒堅持讓他以砂糖取代冰糖，不然萬一他不滿意自己的作品，我可會成了照鏡子的豬八戒了。

「還要大蒜。」

三長爺再開口，卻是教人傻眼。

「誰燉牛肉要放大蒜？」

「妳不知道啦，這樣才是極品。」

我是知道三長爺最愛大蒜，凡煮菜只要放大蒜，便是他口中的山珍海味天下美食。可也不能太離譜，連燉牛肉都要放大蒜？

那……醜話就要先講在前頭了。

「先說喔，你要是放了大蒜，煮出來沒人捧場，你自己要完全負責喔。」

「妳放心，加了大蒜，絕對美味。」

喔？是嗎？三長爺到底會煮出怎樣的牛肉，我們母子還真不敢想像呢。

二〇一〇年四月十一日
金門日報副刊

蝦蒜處女炒，爆香高麗菜

近年來咱家三長爺大轉性，忒愛窩進廚房，東看西摸，總幻想著他是啥啥名廚啥啥師。某天三長爺泰水大人送來了一顆高麗菜，他老兄靈機一動，何不就來個蝦蒜爆炒高麗菜！

高麗菜三長爺是見過，可他老兄連洗高麗菜的經驗都沒有過，一出手便想要來個炒高麗菜，不成了還不會走就想跑？

「要快火炒，你會嗎？」

「會。」

「真的？」

「妳放心，我還會炒得像潮州那家羊肉店炒的那樣好吃。」

真的假的？三長爺也不過是每次回去帶老人家去那家羊肉店，必然會點上一盤清炒高麗菜（有時一盤不夠，會再加點一盤）幾年下來，難不成他光是吃就吃出好手藝了？

手藝是吃出來的嗎？

三長爺的「賤內」我沒多吭氣，因為人家想表現的時候，最好是耐住性子讓他去表演。

不過啊，三長爺可不是空有爺名喔，第一次下廚就已受到頂級廚師待遇，所有需要用到的材料，他家「糟糠」搶著當御用助手，事先幫他準備好。

「不必，不必，我自己來。」人家三長爺還不「屑」呢！

何況咱家阿盧哥也出聲了，「那個廚房啊是容不下兩個女人的，妳就出來，讓爸爸去玩吧！」

欸？阿盧哥敢情是把他爹三長爺歸類在女生了？

菜炒了是要吃下肚的，阿盧哥該不會當他爹是在玩辦家家酒吧？

只見三長爺剝了蒜備用，又抓了一把櫻花蝦清洗，說是待會兒要和蒜頭一起爆香，「牽手」我幫忙洗了高麗菜正要刀切，三長爺忙著出聲制止，「不要用切的。」

「不要用切的，那用……」

「用剁的。」

赫，三長爺還真是想完全複製常去的那家羊肉店的作法？

阿盧媽我鼻子摸摸，照做，誰教這時大廚是三長爺，咱只能是聽候使喚的助手。

「好啦，怎麼煮？」

呵呵，大廚不懂要先開瓦斯，真是笑死人了，助手我終於有一顯身手的機會，忙扭開瓦斯，並在炒菜鍋裡放了油。這些「小事」做完，三長爺右手拿著鍋鏟很有架勢的擠過來，硬是把瓦斯爐前的地盤搶回去。

眼見鍋裡在冒煙了，爆香的蒜頭和櫻花蝦都還沒放進去。

「要先放蒜頭，爆香。」我等不及要動手了。

「我來就好了。」

赫，等他三長爺這個慢郎中，可就燒出一屋子煙囉！

「怎麼看油夠熱了，可以放東西下去？」

總算問了個切中要害的問題。

「經驗。」這樣說好像有點瞧不起人似的，趕緊換個說法，「你就看鍋子開始在冒煙就是油熱了，再不然甩個兩滴水下去，鍋子會滋滋響，那就是油燒得夠熱了。」

「好了，下面我來就好。」

一旁看得人心驚膽顫，可他三長爺鍋鏟握得可緊的呢，怎麼也搶不過來。

「好了，蒜頭、櫻花蝦爆得夠香了，可以放高麗菜下去了。」

只見三長爺端起置放撕好的高麗菜的小盆子，以倒扣方式一下子全入了鍋子，炒菜鍋立時滋滋滋個不停，因為這一扣，連水份也扣進鍋子裡了啊。

幸好三長爺禁得起這樣的慌亂，他手上那一把鍋鏟，左邊鏟過來右邊翻過去，那一鍋高麗菜讓他這樣翻攪，頓時變了色，看起來還真不錯吃的樣子。

喔，不，還沒調味呢！

「來，我加鹽。」我說。

三長爺一把搶過我才拿上手的鹽罐子，「加鹽的事我來就好。」

媽呀，重口味嗜鹹的三長爺這一加會加多少鹽啊？我可擔心呢！

三長爺抖落那一匙鹽巴時，我那巴掌大的小心臟也跟著上下震了起來，好像已經吃下滿嘴的鹽巴了。

三長爺再翻炒幾下，在助手阿盧媽我下達「好了，可以熄火裝盤」的口令後，即刻關掉瓦斯盛起裝盤。

這一盤三長爺初現身手的蝦蒜爆炒高麗菜料理，會得到什麼風評呢？

「嗯，好吃，和潮州那家炒得一樣好吃喔！」阿盧哥邊吃邊讚美。

「我也來吃吃看。」主廚自己說了。

我也嚐了一口，「嗯——真是好吃。」奇怪？三長爺才加了一匙鹽呢，可是味道卻恰到好處，竟沒過鹹！

「哇，爸爸真厲害，大廚師！」

愛笑女的讚譽有加，簡直樂壞了三長爺，他一逕笑著，開始籌劃他的下一道料理。

二〇一一年十二月二十七日

金門日報副刊

味噌烤肉片，加了蒜香味

三長爺的生活向來秉持「無肉令人瘦」的大原則，總想著餐餐都有肉，那可就大傷阿盧媽我的腦筋，老想著該怎麼引導三長爺輕食、蔬食。

三長爺大約是吃多了青菜豆腐，感覺自己越發面有菜色，於是在下了兩次廚之後，彷彿已練就了一身廚藝，三不五時就思忖著要自己弄個有蒜味的肉來吃吃。

思前想後，腦中迸出一個創意，便指定阿盧媽我上超市去買他要的食材，晚上要好好露一手囉！

三長爺列出的材料單有梅花火鍋肉片一盒，青蔥兩根，大蒜幾粒，味噌一匙。阿盧媽接過手，一句「好辦」就出門了。因為蔥蒜家裡有，至於三長爺要用來調味的味噌，平日冰箱裡就備有一盒「信州味噌」了。

阿盧媽剛把肉買回家，三長爺立刻接手馬不停蹄的開始了前置作業。首先他將火鍋肉片沖水洗過，再瀝乾水份，然後放在砧板上將每一片肉片對切為二。

「幹什麼切成兩半？」

「這樣烤熟後正好一口大小，方便夾來吃啊。」

看不出三長爺的料理，是這麼的兼顧了人性。

接著三長爺把切好的肉片放進一只大碗，然後取出信州味噌，用湯匙挖出一平匙，放入已有肉片的碗中，再加上拍碎的大蒜以筷子攪拌均勻。

主要食材備妥後，三長爺洗了青蔥，並切成蔥花放置一旁備用。

接下來是烹調步驟了，三長爺將調過大蒜味噌的肉片，以筷子夾起，很有秩序的鋪排在烤盤上，所有肉片都鋪好後，推進烤箱，插上電線，扭動定時旋轉扭鈕。

「烤上八至十分鐘就可以了。」

「這樣會熟嗎？」阿盧媽我可是很害怕吃下半生不熟的肉，會勤跑廁所。

「這麼薄的梅花肉片，烤十分鐘還太多呢，要是只有我吃，我烤五分鐘就夠了。」

「嗄？烤的時間還可以調喔？」我家愛笑女發問了。

「那當然，時間的控制，隨各人喜愛肉片熟的程度調整。」三長爺回答得真專業。

肉片在烤箱內烤著的同時，也飄出陣陣混合味噌和蒜香的氣味，那氣味隨著時間越來越濃郁，愛笑女忍不住大加讚許：「好香喔！味噌加大蒜……」

「人間美味喔！」三長爺掐斷愛笑女的話。

等到烤箱發出「ㄉㄧㄤ」完成的響聲，三長爺套上手套小心翼翼拉出烤盤，煞有其事的在烤好的味噌肉片上撒下蔥花，這時香氣又加一種，誘得人猛將口水往裡吞。

愛笑女等不及了，動作迅速，舉箸夾

肉，眼見就要送進嘴巴，阿盧媽真怕她燙著了，一旁喊著：「慢點，慢點，燙唷！」

「慢著，煮的人先吃。」主廚發聲了。

人家三長爺是今日大廚又是家裡老大，愛笑女真不懂分寸，還是阿盧媽明白怠慢不得，趕緊奉上一雙筷子，請他老兄享用。

看他老兄吃著吃著眉開眼笑，就知道，他是滿意自己加了蒜味的味噌烤肉片，真是傑作嗎？阿盧媽也嚐嚐就知道。

「好吃，好吃，爸，你好棒喔！」

愛笑女的讚美教三長爺的尾錐翹得半天高，盤底見天時，他說：「阿盧沒嚐到，下回再做一次。」

「YA!」

這是怎樣？

愛笑女喜歡的到底是肉、是味噌、還是蔥蒜？

二〇一二年一月二十九日

金門日報副刊

蒜爆高麗菜，點點梅花香

生活的趣味在於創新，倘若一成不變、墨守成規，那肯定是會教人無聊加無趣。下港三長爺從來就不是「常」的人，無常在他潛意識裡恆占一角，這從他由遠庖廚男人搖身一變到料理型男可見一斑。

縱然三長爺並非日日磨刀霍霍向豬羊，三餐伙食他全包，但偶爾靈機一動，料理新點子浮上心頭，他是那種非得立即上場舞弄一番不可的人，就算孩子們離家在外，只有阿盧媽一個忠實食客，他還是不煮不快。也幸好阿盧媽秉持了老一輩的金玉良言——晴天要存雨日糧，不定時冰箱裡都有魚肉蔬果備品，也才能任他三長爺早也炒炒、晚也炒炒。

萬一正好三長爺需要用到的材料缺了呢？

放心，凡事堅持到底的三長爺必會立即衝向24小時超市，買回他要的素材，就算貴了點也得忍著痛。

這一晚，三長爺想到大顯身手時已是夜晚十點半過後。

「來煮個什麼好吃的吧？」

「十點半過了，哪家人會在這時候弄鍋弄鑊？」

「空氣隨人吸，我們在自己家裡，又不

是跑到別人家去。」三長爺轉過身已經大翻冰箱備品了。

不一會兒，三長爺確定了他要的材料，忙要切切洗洗了。

「今晚給妳嚐鮮？」

「？？」

「妳等著吧！」

阿盧媽我不甚放心，隨侍三長爺身邊，只見三長爺準備了十六分之一個高麗菜，兩百克梅花火鍋肉片，三顆大蒜，半匙醬油膏，四分之一匙豆瓣醬。

「這樣就夠？」我總感覺流理台上的素材單薄得像隨時會飄走的棉絮。

「嘿，別小看這些東西，小兵也能立大功。」

「是嗎？」

「妳等著吧！」

三長爺雖是臨老才入廚下，可他對自己廚藝信心滿滿，這從他老是拒絕阿盧媽我的善意協助便可看出。

「妳閃邊去別礙了我。」

「口氣不好一點，等一下我可不捧場喔！」

「喔，好啦，妳就等著吃好料。」

咱雖是被要求暫離廚房，可阿盧媽我心裡略有擔心，怕三長爺一不小心燒了菜還燒了房，那可就慘了。另一方面咱也想趁機觀摩，說不定原來遠庖廚的老饕，真能做出創意料理。

瓦斯爐前三長爺點了火鍋裡放了油，估

量油將冒煙時放下拍扁的大蒜，下鍋爆出蒜香，然後很快的拋下高麗菜翻炒兩下，再將梅花火鍋肉片放下鍋拌炒，見肉色轉白，才倒下調味的半匙醬油膏和四分之一匙的豆瓣醬，再翻炒幾下，讓調味料均勻分布，然後就熄火盛盤起鍋。

「來來，快來嚐嚐這盤……『點點梅花香』。」正得意的三長爺還給自己的傑作取了名稱。

「點點梅花香？」聞言我喃喃道，感覺還真是貼切，再聞那香氣，看那不停冒出的煙，忍不住食指大動，拿起筷子夾起送進口裡，「嗯……」

「怎麼樣？不錯吧？」

「嗯，好個點點梅花香，不錯吃。」

二〇一二年二月二十一日

金門日報副刊

釀文學143　PG0977

滿滿祝福後的相思
——妍音散文集

作　　者　　妍　音
責任編輯　　劉　璞
圖文排版　　張慧雯
封面設計　　陳佩蓉

出版策劃　　釀出版
製作發行　　秀威資訊科技股份有限公司
114 台北市內湖區瑞光路76巷65號1樓
電話：+886-2-2796-3638　傳真：+886-2-2796-1377
服務信箱：service@showwe.com.tw
http://www.showwe.com.tw
郵政劃撥　　19563868　戶名：秀威資訊科技股份有限公司
展售門市　　國家書店【松江門市】
104 台北市中山區松江路209號1樓
電話：+886-2-2518-0207　傳真：+886-2-2518-0778
網路訂購　　秀威網路書店：http://www.bodbooks.com.tw
國家網路書店：http://www.govbooks.com.tw
法律顧問　　毛國樑　律師
總 經 銷　　聯合發行股份有限公司
231新北市新店區寶橋路235巷6弄6號4F
電話：+886-2-2917-8022　傳真：+886-2-2915-6275

出版日期　　2013年5月　BOD一版
定　　價　　260元

Printed in Taiwan

國家圖書館出版品預行編目

滿滿祝福後的相思 : 妍音散文集 / 妍音著. -- 一版. -- 臺
北市 : 釀出版, 2013.05
面 ;　公分. -- (釀文學143 ; PG0977)
BOD版
ISBN 978-986-5871-55-0 (平裝)

855　　102008275

讀者回函卡

感謝您購買本書，為提升服務品質，請填妥以下資料，將讀者回函卡直接寄回或傳真本公司，收到您的寶貴意見後，我們會收藏記錄及檢討，謝謝！如您需要了解本公司最新出版書目、購書優惠或企劃活動，歡迎您上網查詢或下載相關資料：http:// www.showwe.com.tw

您購買的書名：________________________________

出生日期：________年________月________日

學歷：□高中（含）以下　□大專　□研究所（含）以上

職業：□製造業　□金融業　□資訊業　□軍警　□傳播業　□自由業

□服務業　□公務員　□教職　□學生　□家管　□其它_____

購書地點：□網路書店　□實體書店　□書展　□郵購　□贈閱　□其他

您從何得知本書的消息？

□網路書店　□實體書店　□網路搜尋　□電子報　□書訊　□雜誌

□傳播媒體　□親友推薦　□網站推薦　□部落格　□其他__________

您對本書的評價：（請填代號　1.非常滿意　2.滿意　3.尚可　4.再改進）

封面設計____　版面編排____　內容____　文／譯筆____　價格____

讀完書後您覺得：

□很有收穫　□有收穫　□收穫不多　□沒收穫

對我們的建議：________________________________

____

____

____

請貼
郵票

11466
台北市內湖區瑞光路 76 巷 65 號 1 樓
秀威資訊科技股份有限公司 收
BOD 數位出版事業部

（請沿線對折寄回，謝謝！）

姓　名：____________________ 年齡：________ 性別：□女　□男

郵遞區號：□□□□□

地　址：____

聯絡電話：(日) ____________________ (夜) ____________________

E-mail：____